遊戲代號：旺柴
性別：男
年齡：16
個性樂觀，
太複雜的事
挑戰新冒險
候會流於有勇無謀。
身上似乎懷抱著一個
大祕密？
Brave new world Online

遊戲代號：夜鷹
性別：男
年齡：？
很會照顧人。到遊戲
世界裡尋找毀滅現實
的「魔王」萬尼夏·
巴克萊雅，以此展開
一場冒險與揭開真相
的旅程。
Brave new world Online

GOBOOKS
& SITAK
GROUP©

GOBOOKS
& SITAK
GROUP©

三日月書版

三日月書版

1
新任務：
美麗魔境
子陽
illust. 白夜BYA
Brave new world Online
我從遊戲中
喚醒的魔王
是廢柴

# Contents

# 序章

一輛黑色馬車停在菜市街口，從車上走下一位穿著皮草大衣的少年。

灰色的皮草貴重又華麗，少年腳上的皮靴沾到了農村特有的汙泥，他用手指掩住鼻尖，為那清冷的空氣，也為市場混雜的臭氣。

附近的人們彷彿天生裝有警報器，他們小心翼翼地避開少年，很快地，少年和馬車周圍就清出了一塊地。

少年有一頭長長的黑髮，比有錢人燒來取暖的金絲炭還要黑，他的皮膚雪白，就像山頂的藹藹白雪，他的臉頰彷彿沒有血色，但嘴唇又如玫瑰花般鮮紅，彷彿有人用針刺破了手指，再把那一滴鮮血沾到他的唇上。

少年的美貌毋庸置疑。

在一個民智未開的時代，美貌能成為被傷害的理由，或是讓人恐懼。少年顯然是後者，因為他光是站在那裡，用一雙奇異的紫色眼珠審視四周，就已經讓人不敢靠近。

少年的目光掃到一個被抓住的小男孩。

小男孩骨瘦如柴，他被一名壯漢抓上前。少年用戴著皮手套的纖細手指，抓住小男孩的下頜。

小男孩有一雙冰藍色的眼眸，大大圓圓的，透露著疑竇與恐懼。對小男孩來說，少年就像從天而降的惡龍，他彷彿能看到少年背後張開的惡魔翅膀，但抓著男孩的壯漢可不這麼想。

「大人，他非常健康，他可以當僕人、打掃、種田，他什麼都做。」壯漢對少年露出諂媚的笑，臉上擠出了許多皺紋。

少年的目光依然在小男孩臉上。

「他有一雙很漂亮的眼睛。」少年說話有一種特殊的口音，一聽就不像本地人，「他叫什麼名字？」

「隨便您愛怎麼叫就怎麼叫。」

「八枚銀幣，我心情好，再加送你一瓶治感冒發燒的靈藥。」

「太少了。」壯漢把小男孩的頭轉到一邊，說完就要拉著人離開。

「我可以把這裡所有的小孩都買下來。」少年不慌不忙地開口，「但我只有七個名額，你們自己去商量吧。」

壯漢猛然停住腳步，因為他看到了街坊鄰居貪婪的表情，每個人都搶著要把家裡最沒用、最體弱多病、最花伙食費的孩子拖出來。八枚銀幣外加一瓶靈藥……已經夠讓全家吃飽了。

壯漢拉著小男孩回到少年面前，拿了錢就走。

在少年身後，不知何時悄悄來了兩輛馬車，車伕把男孩一個個抓上車，大人們則心懷感激地從少年手裡接過錢。少年看著這一幅奇景，嘴角勾起置若罔聞的微笑。

馬車奔馳在雪地上，穿過樹林間的通道，整片的針葉林高聳入雲，雖然沒有遮住天空，但天與地都是一片白，彷彿無處可逃的白色牢籠。

少年不動如山地坐在中間那一輛馬車，突然間，前頭的馬車停下，少年乘坐的這輛也停了下來。

前頭的馬車車門被撞開，一個小男孩滾落雪地，少年也下了車，看著小男孩從雪地上掙扎爬起，四周異常寂靜。

哈啊……哈啊……

小男孩對自己的手指呼著熱氣。他搗著凍紅的鼻尖，積雪讓他寸步難行，他身上的單薄衣物顯然無法應付山上的氣溫變化，他沒走幾步就跌倒，但又掙扎著爬起來。

小手馬上被凍紅，指尖都變成了紫色。

少年冷漠地看著，車伕要上前抓人，但少年舉起手，阻止了車伕。

「盡量跑吧！」少年高聲疾呼，他的聲音在雪地裡鏗鏘有力，彷彿他就是這片白茫山稜的王者，「跑回那個拋棄你的父親身邊，每天清理他酒醉後的嘔吐物，每天被他毆打。你的母親對此無能為力，她不會離開你的父親，因為她的肚子裡還懷著你的弟妹！」

小男孩停了下來。

「你可以跑回山下，過著永遠不會改變的生活……」

鵝毛白雪飄落在兩人之間，男孩冰藍色的眸子裡結出宛如憤怒的雪花，隨著他眨眼，黏在他的睫毛上。

「或者，你可以留在我身邊，我可以讓你變得像一個貴族。」

小男孩抹了抹臉，吸吸鼻涕。

少年高傲地抬起頭，他知道自己已經勝利。他的雙手都收在溫暖的皮草大衣裡，他不用武器，不會拿繩子綁人，因為他深知，與其將人緊緊綁著或關著，還是放養比較好。

……會長得比較強壯。

小男孩發著抖走回少年面前，一雙脆弱的眼眸知道自己無路可逃了。

「你叫什麼名字？」少年問。

「……」

「我不會要你忘記自己的名字，我也不會幫你另外取一個新名字，因為我要你牢牢記住，那是你的父母將你生下來，順道給你的詛咒，我還等著你有一天回去報復他們呢！」

「伊……伊韓亞……」男孩小聲地說。

少年的手從皮草大衣裡伸出來，他沒有戴手套。

他的手捏起男孩的下頷，指尖冰冰冷冷。

「伊韓亞？很好，從今以後，你就是貝松里伯爵了。」

多年後——

灰色的城堡從雲層中露出，它環山而建，易守難攻。

城堡的地板和牆壁經常有一種奇怪的味道……

有一雙手掀開窗簾、打開落地窗，使陽光照射進來，陽光也照射到那雙手的主人所穿的長袍上。

長袍是暗紅色的，勾勒出所穿之人的修長身型，披風也是暗紅色的，長長地拖曳在地板上，用金線和珍珠鏽出繁複的圖形。

如果仔細看，那圖形像爪痕，也像一隻隻崎嶇的手臂，攀附在一整面紅海上。

他走出落地窗，來到城堡的石牆上。

北風蕭蕭，他俯瞰著雪融後的綠色生機，用那一雙冰藍色的眼睛看著，這美麗又該死的新世界。

# 第一章

# 你準備好當一隻舔狗了嗎？

「為什麼你都＊&$＊#&@……」

「為什麼你都不聽話？你太讓我失望了！＊&$＊#&@……」

猛然張開眼睛，躺在床上的少年睡到棉被歪了一邊。

他隱隱約約覺得自己好像做了個夢，夢中有個奇怪的老頭對他大吼。吼著什麼他忘了，但感覺不是很好。

他坐起身，抓抓頭，習慣性地點開訊息欄，他的生命值都補滿了。

「哈啊啊～～」

少年打了個哈欠，下床，走出臥室。

客廳窗邊坐著一位美人，沐浴在陽光下。

美人的外貌年齡大約落在十七八歲左右，他有一張精緻的臉蛋、一頭墨綠色的俏麗短髮，露出性感的脖頸。

他穿著白色長裙，肩上罩著白色披風，彷彿林中仙子，給人清新脫俗的感覺。他沒有胸部，因為他沒有性別。他前胸、後背都戴著好幾串珠寶項鍊，像蜘蛛網般密布，一早就讓人閃瞎眼。

「早安啊，旺柴，今天也準備好去當一隻舔狗了嗎？」

美人翹著腳，手上捧著茶杯，正在喝早餐茶。

如果他不說話的話，一切都完美了。

「看你好像睡不好的樣子，要來一杯蘋果汁嗎？」美人像變魔法一般，手一揮，桌上的一個杯子飄到少年面前，裡面已經倒好了果汁。

少年拿起杯子，一飲而盡，杯子上出現綠色字體：+3飢餓值。

少年坐到沙發上，身體懶懶的，「我做了個夢，綠水。」

「夢到自己變成一隻狗嗎？」

「不好笑！」

「還是在夢裡跟主人玩接球？我可以勉為其難陪你玩一下，不跟你收費。」

「你是我的輔助型NPC，卻還要跟我收費？」

「錢是最好的提神藥。」

這是一句「不能說他錯，但感覺又不是全對」的話。

「對了，今天早上我接到公會給你的委託邀請。」綠水點點手指，打開漂浮在空中的透明視窗，裡面有一封信的圖案。

收件人是旺柴。

會叫旺柴並非少年自願的，這是他的「遊戲代號」。

他一進到這個世界，角色就已經有遊戲代號了，他沒有選擇或更改的餘地。

旺柴申訴過很多次，但都沒有下文，他走訪了鎮上的每一家商店，都沒有人在賣改名卡，要自己把名字塗改掉就更不可能了，因為遊戲代號就是個人簽名，玩家進行任何消費或登記都需要手動簽名，而他就只能簽這個名字，不然系統的審核不會過。

旺柴一邊吃早餐，補充飢餓值和口渴值，「這跟最近更新的榮譽系統有關嗎？」

「完成任務會獲得榮譽值，榮譽值越高，公會就會主動寄來委託單，你就不用去街上求人家給你任務了。」

「我沒有求好嗎！」

「上次是誰餓到快扣生命值，只好跑去洗碗抵飯錢的？」

「那是你吵著要買新服裝！我把錢都花在你身上了！」

「那表示你賺得還不夠多。」

「有你這種把花（別人的）錢視作理所當然的ＮＰＣ嗎？」

「沒有消費，就沒有生產。」

「嗳嗳，綠水同學，你是我的女友還怎樣？你倒是說說，你作為一個輔助型ＮＰＣ，你有什麼貢獻？」

「我可以飄在你身邊，為你增添光彩。」綠水說飄就飄。

他像流動的浮雲，來到旺柴身邊，旺柴只覺得他身上的珠寶好閃。

——啊啊！真的好閃！

綠水是旺柴進到這個世界後，才發現已經和角色綁定的道具，他是一個類似寵物的輔助型ＮＰＣ，那他具體有什麼功用呢？

——呃……暫時想不出來。

「我都想去客訴你了！」旺柴擋著自己的雙眼，他已經多次懷疑綠水身上這套應該是隱藏版的攻擊套裝。

「哼，你去啊，你去啊～」

「你信不信我棄坑不玩！」

「你捨不得的。」

「唔……」還真的有點被說對了。

雖然這個遊戲有很多很肝的地方，角色還跟一個不知道有三小作用的寵物綁定，但是，旺柴就是覺得好玩才會繼續玩下去。

旺柴放棄和綠水鬥嘴，反正他沒有贏的一天。他點開任務信。

「真是的……我今天想要廢的說……」

「快點賺錢，我們才能住大房子。」綠水瞄向任務信，眨眨眼，「上面寫什麼？」

旺柴拿綠水沒辦法，只好開始念：「傳說，美豔的吸血鬼王在他的城堡裡囚禁了許多俊美青年，城堡裡紙醉金迷、夜夜笙歌，吸血鬼王手握權柄、左摟右抱，生活過得好不愜意……」

「怎麼不唸了？」綠水問。

「這傢伙也過太爽了吧？」旺柴第一次看到有任務這樣形容一位「怪物」。

不管是吸血鬼、哥布林、巨人、鳥身女妖，這些都是能被玩家斬殺的怪物，但殺不殺得了就不一定了，因為玩家也有可能會被反殺。正常情況下，被殺到剩下一滴血就會被強制傳送回城鎮。

「他左摟右抱耶！」旺柴覺得這關鍵字應該圈起來。

「你是羨慕還嫉妒？」綠水不懷好意地挑挑眉。

「吸血鬼我知道，但一般傳說都是吸處女的血吧？這傢伙是怎麼回事？」

「男女要平權。」

「在被吸血鬼王囚禁的青年當中，有一個人抵死不從……等一下，這是開後宮了嗎？」

「長得好看的人不開後宮是愧對自己的顏值。」

旺柴覺得這價值觀已經完全扭曲了！

旺柴：「那長得醜的人怎麼辦？」

綠水：「去死。」

嗯，他還是繼續念吧。

「強扭的瓜不甜，吸血鬼王不喜歡強迫，但在他眼皮底下，容不了任何汙點。這份委託來自一位年邁的母親，希望有人能在吸血鬼王處死這名青年之前，將人救出，嗯……」旺柴思考著。

「有興趣嗎？」綠水吃起了小餅乾。

「有是有，可是……」旺柴把信件拉到最底下，「我不知道我要不要簽對賭協議。」

「對賭協議」是最近開放的新玩法。

簡單來說，就是玩家和發出委託的公會「對賭」，玩家先向公會提出此次任務需要的裝備或道具——通常都是提出超過自己等級、稀有、平常不容易獲取或十分昂貴的道具——此時，公會會以投資名義將道具拿出來給玩家使用，玩家必須保證任務能在一定時間內完成。

聽起來很棒對不對？接個任務就可以從公會那邊「免費」拿到稀有物品耶！就像許願池一樣，你要什麼，公會就給你什麼。

But！重點就在這個 But！

對賭協議有規定玩家完成任務的時間，這個時間通常都很短，不是你拿一把＋９９９的紫裝大刀就能宰掉ＢＯＳＳ的。而且，會有附帶的小任務，例如：蒐集某某怪物的牙齒，就會逼你除了ＢＯＳＳ之外，還必須清掉附近的小怪，不能直接砍王。

那麼，假設玩家超過規定時間，對賭協議沒有完成怎麼辦？

玩家有兩個選擇，一是花錢買下公會提供的這個高等級道具，二是支付違約賠償金，但不管是哪一個都會讓錢噴光光。

「綠水，你覺得呢？」旺柴詢問好伙伴的意見。

「我覺得要看你有多少錢吧，沒那個屁股就別吃那個瀉藥。」

「……」

「幹嘛？我有說錯嗎？」

「我只是覺得，可以從像你這樣的大美人口中聽到屁股，感覺很有趣。」

旺柴純粹是看熱鬧的心情，綠水拍了拍沾到餅乾屑的手指。

「哼，還知道我是美人，你還不到需要放棄的地步嘛！」

「……」旺柴無言。

「我建議你簽，因為對賭協議不是洪水猛獸，如果你使用得好，它可以讓你拿到稀有道具、快速升級，再說，能夠收到公會寄來的委託書，表示你已經有一定的實力了。」

「嗯……」

旺柴的名譽值能快速累積，是他在短期內大量接任務的結果。

在這個遊戲裡，接任務能獲取的經驗值和金錢比去野外刷怪還快。在這樣的預設條件下，表示官方是鼓勵玩家接任務的。旺柴不跟官方反著來，雖然有差一點淪落街頭的經驗，但那基本上跟綠水的敗家有關。

「還有另一種方法，就是在向公會『提案』的時候，不要提出太名貴的道具。」綠水點開公會的線上武器庫。

簽對賭協議有兩種方法，一是到公會現場簽，二是線上簽。

現場簽能提出的武器或道具沒有限制，玩家敢開出來，公會就敢給你；線上簽就只能挑選線上裝備庫提供的東西，選項有一定限制，但線上挑選就不用出門了，公會會提供全息影像，供玩家試手感。

「這樣即使你失敗，你也有錢能把裝備買下來。」綠水補充。

「呃……這些都沒有我買得起的……」

「對自己這麼沒信心嗎？」綠水像在挑衣服似的，瀏覽各種不同品項的弓箭，「高風險才有高報酬，我覺得這把很適合你。」

綠水拿出一把附有狙擊鏡的十字弓，弓身是白色的，握把有天使羽毛的鍍金圖案。十字弓射擊時的威力極大，不會輸給小型手槍，但是它比槍枝類的武器便宜，而且不像魔杖、法杖，需要相對應的攻擊技能，簡單操作易上手，缺點是需要額外補充彈藥。

旺柴心想，自己果然還是沒辦法拒絕綠水。

綠水只是一個ＮＰＣ，但綠水的話對他來說卻有極大的影響力。

旺柴從綠水手裡接過十字弓，把合約拉到最底下，簽下自己的遊戲代號，「我輸了就把你賣掉！」

# 第二章

# 腦袋全都錯

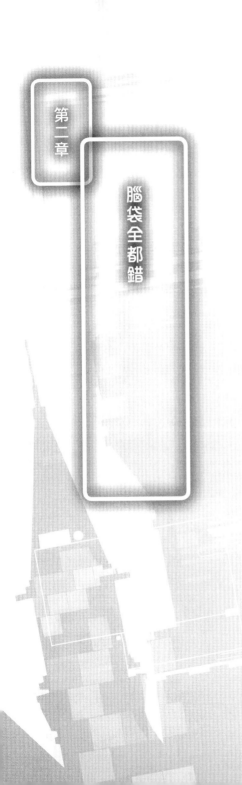

旺柴和綠水兩人踏進傳送光圈，當光消失後，映入眼簾的是嘈雜的市集。

雞鴨牛羊在逛大街，小販在叫賣，魚腥味和難以形容的臭味撲鼻而來。街上的人多到旺柴搞不清楚誰是玩家、誰是ＮＰＣ。

旺柴手上拿著信紙。任務信能從視窗變成實體，內容沒有改變，但底下的對賭協議變成了三行字：

『打倒吸血鬼王（0／1）

救出被囚禁的青年（0／1）

倒數04：59：58』

「我們有五個小時。」旺柴將信紙收進口袋。

「夠長了。」綠水很有信心的樣子，「我們還來得及回去參加慶典。」

「什麼慶典？」旺柴把十字弓揹在背後，往前走，一邊觀察著攤販和路人。

「今天是七七四十九天一次的單身狗超渡節，晚上會有很多人在街上賣吃的，加上你做任務的報酬，我們今晚可以加菜了。」

「天啊，又一個引誘人消費的活動！」

旺柴擠過人群，來到一座噴水池前。

噴水池附近的房子蓋得比較矮，往北看，有一座積雪長年不融的山。山上雲霧繚繞，但在雲霧下方卻是翠綠的樹林。噴水池前方有一面城鎮公布欄，上方釘著城鎮名字：猩紅之地。

Scarlet Land

旺柴看到公布欄上貼滿了失蹤者的畫像，底下擺滿蠟燭和乾掉的花圈。

「這些……難道都是……」

畫像裡的人都是年輕男性，長相俊美，年齡介於十五歲到十九歲之間。

旺柴拿出任務信，「如果他們都是被吸血鬼王抓走的，那我要救哪一個？」

綠水聳肩，他也不知道。

「總不會要我隨便救一個吧？這麼多人都被抓走，表示吸血鬼王的後宮根本就像尖峰時段的公車，如果我隨便帶走一個就能達成任務……對賭協議有這麼簡單嗎？」旺柴是怕越簡單越有詐，「對了，那個發委託的老人！信上寫的『年邁的母親』，如果能找到這個人，我們就知道要救誰了。」

「那你要怎麼找到這個人？」綠水問。

「這還不簡單？」旺柴一腳踏上噴水池的環狀邊緣，吸足了氣，大吼：「各位鄉親父老、各位前輩大大，我要來殺吸血鬼王了！」

綠水後退一步，裝作不認識。

「我會從水深火熱之中拯救你們，你們再也不用活在吸血鬼王的恐懼之下了！」

做生意的做生意，鴿子在地上啄小米，雞鴨牛羊也來湊熱鬧。

有人鄙夷地看了他一眼，快步走開。

「呃……總之，我想說的是，我必須要打倒吸血鬼王，不然我的荷包就慘了，那你們與其把失蹤人口貼在公布欄，不如親自過來委託我……我是名譽二星的冒險者喔……呃，那個，這邊有其他玩家嗎？我開放組隊……」

綠水右手拿起一張畫像，左手又拿起一張。

旺柴好想哭，「綠水，為什麼沒有人理我？我有哪裡做錯嗎？」

「腦袋全都錯。」

「……」

「你有沒有注意到這些畫像？」

「都美少年啊，吸血鬼王的喜好，不是嗎？」旺柴跳下噴水池，來到綠水身邊，不懂綠水手上拿了那麼多張是在比對什麼。

「它們都出自同一位畫家之手。」綠水道。

「啊？」

「這些畫像都是同一個人畫的，每張底下都有小小的簽名，綜觀這附近的店家……就是那裡！」

綠水指向噴水池左前方的咖啡館。

咖啡館的露天座位區內，有一位正在用素描筆寫生的男人。男人戴著墨鏡，望向噴水池那邊，筆尖在紙上快速移動著。他在桌上擺了個牌子：職業畫家／小米好吃／備註：不好看不用錢。

旺柴和綠水來到畫家面前，綠水拿著單子問：「這是你畫的嗎？」

「你們是來委託的嗎？請坐。」

旺柴和綠水對看一眼，由旺柴坐下，綠水站在旺柴身後，畫家仍然沒有轉過頭來。

「小米先生，你記得有一位老母親來找你畫過畫像嗎？他的兒子被吸血鬼王抓走了，你還記得他兒子長什麼樣子、叫什麼名字嗎？」旺柴問。

畫家遮下墨鏡，擦了擦鏡片，他的雙眼是一片灰白。

「很多母親來找我畫她們的兒子，我有保護客戶隱私的必要。」畫家戴回墨鏡，講話不疾不徐，但旺柴快急死了。

「那位母親委託埃維爾聯合公會，我們就是來消滅吸血鬼的。」旺柴點開自己的角色訊息欄，取出兩枚銀幣，丟在桌上，故意發出聲響，「這樣能不能喚起你的記憶呢？」

「你出了錢，我就會為你畫畫。」

「不，我沒有要……」

不等旺柴拒絕，畫家抽出新的紙，平鋪在畫板上。他很快削好了素描筆，整張臉面向旺柴，但旺柴不懂，畫家不是看不見嗎？難道那雙眼睛並非全盲？

「我在這一年裡，一共畫了六十幅失蹤人口的肖像。」畫家一邊動筆，一邊閒聊，「那些傷心的母親、戀人對我訴說他們的長相，我只管拿錢辦事。」

「六十人……那是……好大的後宮啊！」旺柴感嘆，那位吸血鬼王可能是魔物界的人生勝利組啊！

「意思是……」綠水開口：「即使這些人當中有人是胡謅的，或是刻意謊報了長相，你也無法分辨失蹤的人到底是誰？」

「我跟鎮上的人不熟。」畫家回答。

「你至少住了一年。」綠水邊說，邊對旺柴使眼色。

「我喜歡活在我自己的世界裡。」畫家又回答。

旺柴懂綠水的意思了，這位畫家很有可能是任務ＮＰＣ，他是不是真的住了一年不重要，那都是副本的劇情設定，但是他可以透過花錢買到的這個「機會」，從畫家口中問出更多線索。

「六十張畫像，那你記得在這六十個人當中，有誰比較特別嗎？」旺柴問。

「我看不到，但我能感覺到他們都長得很好看。」

「呃……吸血鬼王的個人喜好我們就不用討論了，我是說，在這六十個人當中，有沒有特別『特別』的？」

「有一個小孩子。」畫家的手沒有停下。

「小孩子？」

「是的，一個六歲的男孩子。只有他是小孩子，其他失蹤的人都是十幾歲的青少年。」

「你記得這孩子的名字嗎？」

「伊韓亞．貝松里。」

旺柴和綠水對看一眼，旺柴拿出任務信，信上的指示變成了：

『打倒吸血鬼王（0／1）

救出伊韓亞．貝松里（0／1）

倒數04：28：43』

「你知道吸血鬼王的城堡怎麼走嗎？」旺柴把信收回口袋。

「我看起來像當地導遊嗎？」畫家放下了筆，遞出肖像畫，「謝謝惠顧。」

※

旺柴邊走邊看著畫。

畫中有一位年約十六七歲的少年，幾綹髮絲從頭頂垂下來，有點亂。雖然畫家用的是單色的素描筆，但他將少年的淺色髮絲與深色眼珠都表現了出來。少年穿著黑白花樣的套裝，腰上有一個大大的蝴蝶結，看起來就像有一隻超大型燕尾蝶停在他的身上。

畫中的少年沒有笑容，他抿起的嘴角彷彿帶著沒有人理解的決心，他的眼珠清澈明亮，眼角有點圓，看起來就是天生的娃娃臉。

——這就是「自己」的樣子嗎？

旺柴不確定。

旺柴覺得自己並不了解自己，他甚至不確定從鏡子裡看到的人是不是自己，但他知道，我們都是透過他人的眼光來了解自己的。因為這個世界不會告訴你「自己」是什麼樣子，她不會為你定義階級或身分，你的角色職業可以任選，技能可以隨便點，所以，又有誰可以說自己是真正了解自己呢？

既然不知道自己原本的樣子，也就表示在這個世界裡，每個人都可以隨心所欲地塑造出自己的樣子。

因為這是一個「美麗新世界」，充滿希望，沒有憂慮。

旺柴查了一下物品資訊，發現這幅畫只值一塊錢。

嗯，跟去野外撿石頭、採野果的價格一樣，都屬於賣出去不值錢的廢物呢！但總括是個不錯的紀念品。

旺柴將畫紙折起來收進口袋，但他突然摸到口袋裡的任務信，又拿出來看。

「綠水，你不覺得有點奇怪嗎？我記得任務一開始說的是『救出被囚禁的青年』，怎麼畫家說被抓走的是小孩子？」

「任務不是更新了嗎？」綠水臉上也有些疑惑。

「是沒錯啦，有更新就表示我們正在往正確的方向走，但是青年怎麼會變成小孩子呢？是bug？」

「嗯……我確實有搜尋到些微的數據不穩定。」

「什麼？」旺柴大驚。

因為要說綠水有什麼功用，那就是像智慧型手機或個人電腦。

綠水不會打怪、不會撿道具，平常還要花錢供他喝茶、吃點心，但綠水有和官方連線的功能，他能搜尋到所有正在舉辦的活動、最近的更新以及和公會遠端連線，線上裝備庫、道具庫的購買功能等都能透過綠水進行，旺柴只要用嘴下指令就好。

「這……會有什麼影響嗎？」旺柴問。

「不確定。」綠水道。

「你回報官方了嗎？」

綠水呆板地眨眨眼睛，「回了。」

「官方有說什麼嗎？」旺柴其實有點好奇。

「我把『偵察到數據不穩定以及偵察範圍』回報到系統登記，但目前無法確定干擾的範圍和影響有多大，我沒辦法回答你官方的決定。」

「我還在解任務！我要知道這個 bug 會不會影響任務進行！」

「有我在，你怕什麼？」

旺柴拿出任務信，指給綠水看，「把小孩——『被囚禁的小孩』寫成青年，這 bug 還不夠大嗎？已經夠誤導玩家了！」

「名字對就好。」

「……你其實是官方的打手吧？」

「畢竟我是ＮＰＣ。」綠水泛起微笑。

兩人回到噴水池前的公布欄，動手找伊韓亞．貝松里的畫像，但他們把所有的公告都拿下來了，厚厚一疊，卻找不到屬於伊韓亞．貝松里的失蹤人口協尋啟事。

「有可能是掉了，或是被別人拿走了。」綠水推測。

「如果是被別人拿走……就表示我們有競爭者了。」

「有激起你的鬥智嗎？」

「我覺得好像又回到了原點。我不知道伊韓亞．貝松里長什麼樣子，我要怎麼從吸血鬼王的後宮中認出他？」

「他是小孩子。」對比旺柴著急地抓自己的頭髮，綠水倒是一點都不急，「一個六歲的小孩子在都是大人的環境裡，還不夠好認嗎？」

「對喔！但是……吸血鬼王抓小孩子幹嘛？難道，他口味變了？」

「可能吃膩了全熟，想吃新鮮一點的吧。」

那是妥妥的犯罪啊！

「大哥哥！大哥哥！」

突然，一道稚嫩的童音從旺柴身後傳來。

旺柴和綠水回頭，看到一個小女孩。

「你們要去打倒吸血鬼，是真的嗎？」

小女孩穿著單薄的連身裙，手腳瘦瘦的，臉上有雀斑，但她用一雙閃耀的藍色眼珠望著兩人，不禁讓旺柴有點心虛。

「呃……對！就是我們！我們是吸血鬼獵人喔！」

「那你們可以救回我哥哥嗎？」

一個婦人衝過來，拉住小女孩的手，「噓！別亂說話！我們回家！」

「可是，媽媽，哥哥一直沒有回來，為什麼？為什麼？」

「這位太太，我們就是來打倒吸血鬼的，請放心交給我們吧！」旺柴表現出自己最有自信、最帥的一面，他撥頭髮加上四十五度微笑，微笑時露出牙齒，只可惜沒有人幫他打光，綠水完全不想當那個輔助角色。

「你們真的可以……」婦人的表情軟化許多，「可是……」

「太太，請相信我，我是名譽二星的冒險者，看到我背後的武器了嗎？很大一把，那是專門用來射吸血鬼的，箭頭都沾了聖水，可以連續發射喔。」

「你們真的是來殺吸血鬼的？」

「當然！」

「那個怪物就住在山上的城堡，他不只會吸人血，他還把未經人事的孩子抓到城堡裡，每天……每晚都……」

「太太，我知道妳很難過，妳不用勉強告訴我詳情，但是我想知道妳們被抓走的家人名字。」旺柴覺得自己表現得很好，這麼快就遇到給予情報的ＮＰＣ，可能是有觸發什麼條件吧？他蹲下來，面對小女孩，「我一定會把妳哥哥救回來的，對了，妳哥哥不會剛好就是伊韓亞·貝松里吧？」

女孩的臉瞬間刷白，婦人立刻把女孩藏到自己背後。

旺柴還搞不清楚發生了什麼事，婦人就拉著女孩的手離開了，彷彿避之唯恐不及……

「怎麼回事……不是說要幫她了嗎？」旺柴抓頭，百思不解。

「剩下三小時五十九分五秒……四秒。」綠水提醒。

「咦？時間有過這麼快？」旺柴一點都不覺得！

「因為我們剛剛在咖啡館吃了一點東西。」

「對，我覺得這裡的奶茶滿好喝的，是用鮮奶泡……不對！我們剩下三小時又五十九分，要找到神祕人物伊韓亞、打倒吸血鬼王，明明就忙得要死！我喝奶茶時你怎麼不提醒我？」

「因為我也覺得滿好喝的。」綠水舔舔嘴唇。

旺柴徹底想哭，但任務還是要解，荷包還是要救。

他背上的「天使十字弓」無時無刻不提醒著他，如果他失敗，那就會變成負債。

「現在怎麼辦？」綠水問，「要裝成清純無辜的美少年，讓吸血鬼王抓嗎？他平均一週就要抓一個，需求量還是有的。」

「沒時間了！」旺柴握拳，「我們直接殺進吸血鬼的地盤！綠水，你能定位出城堡的位置嗎？」

「讓我試試。」

綠水張開雙臂，像大鵬展翅，咻地一下就飛上了天。

綠水停在半空中，他的白色披風像翅膀，長袍裙襬宛如雲做的彩帶，底下露出兩條修長美腿——可惜旺柴在地上看不到。

旺柴打開透明螢幕，和綠水的視角連線，綠水的聲音也從螢幕傳來：

『山上有建築物，可能是吸血鬼王的城堡。』

「在雲裡嗎？」旺柴問。

『對，只有雲散開才看得到，但那裡絕對有東西。』

畫面消失，綠水降落。

綠水的身段就像一隻優雅的白鶴，當他赤裸的足尖踏到地面時，那白色裙襬也蓋了下來，

「北北東方向已定位，要上了嗎？」

「好！我們走！」

※

「走……走……這是要走到哪裡啊？」

旺柴從一開始的氣勢如虹，在走了一個多小時的山路後，整個人累得像條狗。

「這……這不合理……我說……那位是吸血鬼王耶！難不成他從山下抓了美少年，也要這

樣跋山涉水嗎？」

「人家既然是吸血鬼王，說不定有翅膀，或者有瞬間移動的技能。」綠水用飄的，他沒有穿鞋子，不流一滴汗，完全不會把自己弄髒。

「還……還有多遠……？」

旺柴邊走邊吃野果，補充體力值和口渴值，他有種在玩野外求生遊戲的感覺，那就是什麼都要動手做，而且好不容易找到的食物和飲水一下就會消化掉。

「還……還剩多久？」

「兩小時四十九分二十秒。」綠水飄在前頭，「快到了，加油。」

「謝謝你的鼓勵，我……我盡量……」

「真的快到了。」綠水飄回旺柴身邊，「你看。」

因為爬山路的關係，旺柴一直注意著腳下，但當他順著綠水所指的方向抬頭看，發現前方變成了一片白茫。

——是雪！

旺柴腳下還是青草地，但往前便是雪地，中間彷彿有一層透明的結界，隔出了兩個世界。在雪中拔地而起的，是一座灰色的古堡。

旺柴換上雪鞋，但他卻覺得更難走了，因為山上的氣溫明顯下降，口鼻呼出的都是白煙。

兩人來到灰色的城牆底下，牆面上都結了冰，旺柴不敢伸手摸，就怕手皮被黏下來。綠水拿出攀岩工具時，旺柴想死的心都有了。

「我們不能用一些……更……方便一點的方法嗎？」旺柴垂死掙扎中。

「像是……？」綠水靜靜看對方表演。

「唸一個咒語就飛上天？」

「你沒有相關技能。」

「現在學還來得及嗎？」

「你沒有經驗值和錢，你要怎麼買技能書？」

「我在一個遊戲裡當玩家，我應該要很強才對，為什麼我玩得這麼辛苦，簡直就像在現實一樣？」

「因為這裡就是『現實』。」綠水拍拍旺柴的臉頰，「你要爬上去，還是要在這裡等時間到？」

旺柴翻了個白眼，戴上手套，拿起攀岩工具，「我一定要把你賣掉！」

他雙手各拿一隻冰斧，把尖端刺進冰牆裡用力……再用力……

「呃——」

「噫——」

「呼呼……哈哈……呼……休……休息一下……」

「好，再來！」

「到了沒？到了沒？綠水，我還剩多少？」

綠水覺得自己才是那個想翻白眼的人，因為旺柴只爬了一步的距離。就像狗抬腳尿尿的時候，那隻抬起的腳跟地面的距離。

「旺柴，三點不動一點動，你想要移動腳的時候，你的兩隻手不能動。」

「我……我……哪裡都移動不了……而且我好想打噴嚏！啊～～綠水救救我！我的鼻子好癢！」

「……」綠水眼神死。

「你們在幹嘛？」

突然，兩人聽到一個不屬於他們的聲音。

旺柴跌下來，屁股好痛！

「你們在這裡做什麼？這裡是私人領地……你們不會是想爬上去吧？據我所知，至今還沒有人成功過。」

說話的青年皮膚黝黑，髮色幾近如雪。他長得很高壯，穿著厚外套、戴著圍巾手套。

「你是怎麼出現的？」旺柴不解。

「那邊有個門，我一出門就看到你們了。」

「所以……旁、旁邊……就有門？」旺柴瞪大眼睛，但綠水一副事不關己的樣子，旺柴這下不僅想賣了綠水，他還想罵一罵這個勘查地形失誤的NPC！

「你們來城堡有事嗎？」

「對，我們是……」有了小女孩的前車之鑑，旺柴不敢把目的講出來，加上對方有可能是吸血鬼王的手下，「我們的確有事要進去，找一下城堡主人，跟他聊聊天、喝喝茶，你可以幫忙嗎？當然，我們不會虧待你的。」

「好啊。」青年很乾脆。

旺柴倒是有些意外，「那就先謝謝你了。」

青年帶兩人走的門，其寬度和高度都足夠讓一輛馬車通過，估計是用來運貨的。門外有兩層柵欄，門後是長長的通道，靠光球魔法照明。當三人走進，門一關上，門外的風雪就都被阻隔了。

「你們是從猩紅之地來的嗎？」青年走在前面領路，口氣溫和地問。

「對……我叫旺柴，他是綠水，你呢？」

「南瓜。」

「什麼？」

「就叫南瓜。」青年爽朗地解釋：「我父母以八枚銀幣加一瓶治咳嗽的藥水將我賣給主人，主人要我們記得父母取的名字。我那時還小，只記得我母親叫我小南瓜，從此以後，大家就叫我南瓜了——直到三年前，他們才允許我拿掉『小』字。」

「你說的主人是……」

「你不是本地人吧？」南瓜話鋒一轉。

旺柴悄悄將手伸到背後，準備好抓取十字弓，但南瓜只是轉頭笑笑。

「我不站在任何一邊，我只是個打工的，但好歹我在城堡工作、領著主人的薪水，所以，讓我知道你們真正的意圖，或許我可以幫你們或勸誡你們，這樣並不為過吧？」

旺柴看了綠水一眼，綠水點頭。

「我們是來救人的。」旺柴據實以告。

「救誰？猩紅之地那邊可沒半個人過來。」南瓜的口氣有些輕蔑。

「伊韓亞．貝松里。」

南瓜忽然怔住了，但他沒有像小女孩那樣臉色刷白，他故做鎮定，繼續往前走，「為什麼要救那傢伙？」

「我們代表埃維爾聯合公會，前來打倒吸血鬼王和拯救被他囚禁的孩子。」

「吸血鬼王不在這裡。」

「什麼？」

「主人到西海度假了。」

旺柴簡直不敢相信！這不會又是bug吧？

如果吸血鬼王不在他的城堡裡，那幹嘛一開始就把玩家傳送到山下的城鎮？如果吸血鬼王跑去一個很遠的地方，他根本就不在「當地」，那玩家無論如何都不可能在限定時間內完成「打倒吸血鬼王（0／1）」的任務。

也就是說，對賭協議在簽下去的那一刻起就注定輸了！

「要去哪裡才能找到吸血鬼王？」旺柴一時激動，揪住南瓜的圍巾。

南瓜有點被嚇到，「呃……西海？」

「西海在哪裡？西海的哪裡？」

「我不知道，主人都是用傳送魔法。」

旺柴瞬間想咬舌自盡。

旺柴放開南瓜，「對不起……」

「沒關係。」南瓜不介意，但他不懂旺柴為什麼會變得委靡不振，「你還好嗎？」

「我下半輩子就要活在債務中了……」旺柴整個人都要變灰色了，綠水同情地拍拍旺柴的肩膀。

「雖然我聽不懂你們在說什麼，但如果你們自認救得了伊韓亞，就去救吧。」南瓜打開通道盡頭的門，旺柴和綠水順利來到城牆的另一邊，「我醜話說在前頭，他是我們所有人之中最不值得拯救的……」

走出通道，就是馬廄和卸貨區，南瓜不能陪旺柴冒險，他也拒絕帶旺柴找到伊韓亞，但他保證不會將旺柴的事告訴任何人。

旺柴和綠水從一道沒上鎖的小門鑽進城堡裡。

兩人走在分不清東西南北的長廊上，旺柴隱約覺得好像有什麼味道……他很難找出一個東西來形容這股味道，但總括是有點臭臭的。而且，城堡裡異常陰冷，用來照明的光球魔法都沒有熱度，是名符其實的「冷光」。

長廊上都沒有人，旺柴暫時鬆了一口氣，「其實我有點擔心一來就要開戰呢。」

「不是速戰速決比較好嗎？」綠水反問。

「也是啦……但既然吸血鬼王不在，我們要救人就很容易了。」

綠水遲疑了一下才問：「你還想把任務完成嗎？」都已經注定要輸了……

「我想救人。」

「他們都是ＮＰＣ。我們嚴格說起來，不是『人』。」

「綠水，我是這樣想的，這裡是遊戲的世界，但也非常真實。我會累、會渴、會餓，受傷了要療傷，晚上要睡覺恢復體力，那對你們NPC來說，何嘗不是如此呢？所以，我覺得NPC也是人。」

綠水的眼裡閃過一絲難以察覺的柔情，他飄在旺柴背後，看著少年的背影。雖然瘦小，但正在慢慢茁壯。這孩子以後會變成什麼樣子他不知道，但在這個世界裡，他有他應盡的本分。

「我覺得吸血鬼王不在，可能不是bug。」綠水道。

「哦？」旺柴回過頭來。

「如果我們必須從城堡裡的某個地方，或透過某種儀式來召喚吸血鬼王呢？我們只要找出把吸血鬼王叫過來的方法，或是用城堡裡的傳送魔法將你送到西海，一樣可以在規定時間內打倒他。」

「對喔！」旺柴拍掌，「你怎麼那麼聰明？」

「哼。」綠水嘴角一勾，頗為得意。

「綠水大大，請指示我下一步該怎麼做，我一定不會把你賣掉的！」

「我本來就是非賣品。」

兩人沿著走廊走，忽然，聽到遠處傳來鋼琴聲。

綠水飄到一扇門前，示意聲音是從這裡傳來的，旺柴躲在門縫偷看。從門口的方向看不到彈鋼琴的人，但可以瞥見牆上掛了許多畫，室內也擺著許多藝術品，這個房間可能是藝廊或沙龍。

旺柴把門輕輕推開一小縫，讓自己能溜進去。

他馬上為房間的華麗感到訝異。

這座聳立在雪山上的城堡，連牆壁都透露著寒意，沒有鋪著地毯的地板全是堅硬的黑色石頭，但這個房間裡卻有著熊熊燃燒的壁爐，火光和暖意彷彿會驅走一切邪惡，室內還有新鮮的綠色植物。

旺柴看著那彷彿會滴出水的綠葉和枝芽上的白色花苞，它沒有被寒冷打倒，也沒有被火光燒盡，它的生命力和掙扎著開花的努力，讓它散發出宜人的香氣。旺柴不禁伸手摸了一下，花苞的形狀尖尖的，就像紡垂車的針。

綠水對旺柴招手，他發現彈鋼琴的人了。

那道琴聲給旺柴一種很難以形容的感覺，說不上好聽。不好聽的原因並不是彈奏者彈得不好，而是那旋律婉轉憂鬱，好像想傳達什麼情緒，卻又不當面說清。

旺柴躲在布簾後面，看到彈奏者坐在一架雪白的鋼琴前。鋼琴後面是一個小壁爐，為房間提供熱源，壁爐上方和左右兩邊的牆壁總共掛著七幅肖像畫。

旺柴的注意力首先被壁爐上方的畫吸引，因為除了那一幅，其他肖像畫不是被塗掉臉部就是被割破了。

畫裡是一名年約二十出頭的青年，他穿著暗紅色的長袍，肩膀有著金色的鎧甲，長袍的高領遮住他一半的喉嚨，胸口是鱗片般的甲冑。那每一個鱗片都是堅硬的寶石，切割成細小的方形，一個個縫在衣服上。因為是寶石，外觀閃閃發亮，極盡奢華，其硬度可謂刀槍不入。

青年的皮膚雪白，嘴唇豔紅，那抹紅讓旺柴想到鮮血的顏色，而且，從他高傲的神情來推斷，他肯定就是……

琴聲突然停了。

彈琴的人穿著素雅的襯衫、長褲，身上披著白色的和服。和服上點綴著淡紅色的蝴蝶，襯著他淡綠色的長髮。他的皮膚也十分白皙，整個人的顏色就像被吸走，只有嘴唇殘留著櫻花的顏色。

他望向旺柴和綠水，臉上未起波瀾，旺柴卻有點緊張。

「你們不像是從猩紅之地來的。」彈琴的青年道。

「你怎麼知道？」綠水耿直地問。

「你們不像被綁過來的，或是被賣過來的。」青年拉著和服前襟，從鋼琴前起身。

旺柴心想，這個人可能就是吸血鬼王的嬪妃之一，不然長得這麼漂亮，這麼有氣質，還有一股淒愴的美感，身材瘦到像成天吃不下飯，太像被強搶過來的民男了。

但是，這個人長得太漂亮，讓旺柴問不出話。

旺柴沒辦法向身世清苦的妃子逼問情報，他覺得對方實在太可憐了……

「你不用擔心，我們是來救人的。」旺柴不禁想，難怪他要在這邊彈鋼琴，因為被吸血鬼王抓來填充後宮，就算吸血鬼王不在，他還是不會隨便放人啊！

「救誰呢？」青年幽幽地問。

「所有人。」如果旺柴能做到的話，他一定會選擇這條路，「你知道吸血鬼王把伊韓亞．貝松里關在哪裡嗎？」

「在地牢……有很多從猩紅之地送過來的孩子，我不知道他們之中有沒有你要找的人，但你最好動作快點，不然他們的血會流乾，屍體會被搬出去，成為森林的養分。」

「為什麼他們的血會流乾？」

「你說呢？這裡是吸血鬼的城堡啊！」青年的綠色眼眸婉轉流動，他繞著旺柴打量，「有人想飲用他們的血，用他們的鮮血沐浴，以此得到青春美麗和永生，有人就是如此痴迷……」

「是你的主人？」旺柴問，但他在青年眼裡看到一絲的輕蔑。

青年嘴角一勾，「是我的兄弟……」

砰！

突然，沙龍的門被撞開。

「城堡裡來了客人卻沒有人告訴我，跟你的新朋友聊得很開心嘛，阿格沙？」

「我以為你無所不知。」彈琴的青年臉上有鬆了一口氣的表情，好像他終於不用再藏著秘密了。

沙龍被衛兵包圍，他們都是二十出頭的年輕人。

一名穿著紅色長袍的男子從眾人之中走出，那桀驁不俊的神情、雪白的肌膚和美貌以及一身華麗的外袍，就與畫像如出一轍！

——那麼大的陣仗！和那衝進來質問嬪妃的模樣……

旺柴拿出背後的武器，手指準備扣下十字弓的扳機，「吸血鬼王！」

穿紅色長袍的青年回過頭來。

十字弓連續射出銀箭，每一把箭的箭頭上都沾了聖水，但它們射向青年的時候，青年的面前忽然出現一片黑雲。

黑雲把箭都擋了下來。

——是蝙蝠！

成群的蝙蝠在保護青年，牠們的翅膀拍動，發出尖銳的高音頻，當牠們飛散後，所有的銀箭都掉到了地上，同時還有一把落到青年手裡。

旺柴汗顏了。

為什麼公會的武器沒效？

十字弓的握把上顯示著彈藥填充時間，代表「Loading」的小圈圈無限旋轉，簡直快把旺柴急死了！無論他怎麼壓扳機，箭都無法自動生成。

「好奇怪的武器啊。」青年走向旺柴，將手中的銀箭用力拋出。

銀箭被拋向旺柴身後的綠水，但因為綠水身上有攻擊無效的屬性，所以他就像半透明的靈體，銀箭從他的身體穿過。

青年眉頭一皺，「你們到底是誰？」

「我們是來打倒你的，變態吸血鬼王！」就算武器不能發射，但旺柴的氣勢不能減少，「你把伊韓亞．貝松里藏在哪裡？」

青年笑了一下。

青年有一頭淺褐色的短髮，冰藍色的眼眸裡像是看到了什麼有趣的事物。

「我就是伊韓亞．貝松里。」

旺柴怔住了。

那氣勢！那外表！還能叫來一堆衛兵！哪裡像需要被人救的樣子？

「把他們關進地牢。」伊韓亞冷冷地下令，旺柴和綠水都被衛兵抓住，「你想陪你的新朋友一起進去嗎，阿格沙？」

「你已經把我關進去很多次了。」叫做阿格沙的彈琴青年道。

「但你還活著啊。」

阿格沙瞪大雙眼，但他還沒靠近伊韓亞半步，身後就有衛兵壓住他的肩膀和手臂。

「我覺得你還是再進去一次好了。」伊韓亞慢悠悠地走到阿格沙面前，嘲諷的嘴角一勾，低聲道：「讓你知道誰才是這座城堡的『主人』。」

「當主人回歸的那一天，你的下場會很慘的，哥哥！」

「我是貝松里伯爵，而你……」伊韓亞捏起阿格沙的下頷，他的食指和拇指戴著尖尖的金屬護甲，就像鳥爪。

爪子刺破了阿格沙的臉頰。

「你只是一塊會走動的肉，我沒有把你吃下肚，是我對你僅有的仁慈。」

鮮血從阿格沙的臉頰流下來，伊韓亞伸出舌頭，舔了一口。

「把他們統統關進地牢，我今晚要吃大餐！」

伊韓亞轉身，走出沙龍。他臉上帶著運籌帷幄的微笑，眼神也許瘋狂，但他沾了血的嘴唇十分性感。

# 第三章

# 玩家要幹嘛？混吃等死嗎？

地牢的柵欄門關上的時候，旺柴簡直不敢相信。

「噯！喂！喂！」

他的十字弓被拿走了，雖然他的裝備欄裡還有一些吃的，但總不能拿三明治丟門，期待地牢的門會開吧？

「綠水，我們現在要怎麼辦？」

「準備好迎接負債的人生了嗎？」

「啊啊啊！不要啊～～～」旺柴無力地蹲下來，抱頭哀嚎，「到底要怎麼出去？這是不是密碼鎖，解一解就開了……」

「想太多。」綠水點出事實，從沒有在留情的。

「對了……」旺柴突然想到一點，他衝到綠水面前，抓住綠水的肩膀，「你不是會飛嗎？武器打不到你，你就是超級無敵的NPC！這不就代表你能想出去就出去嗎？」

「可是我不想離開你。」

「我需要你離開！」

「不行。」綠水堅持立場，「我是你的輔助型NPC，基本上我就像你的手機，這年頭有人把自己手機丟掉的嗎？」

「如果手機可以換到鑰匙的話，YES！」

綠水無言以對，他不能說旺柴錯，但這句話好像哪裡怪怪的。

「總之，我可以做跟數據有關的工作，但不能幫玩家脫離困境，那是玩家要做的事。」

「想不到你還滿有原則的。」

「那當然！不然怪都給ＮＰＣ打，劇情都給ＮＰＣ跑，你們玩家要幹嘛？混吃等死嗎？」

「呃……」

「既然進到遊戲裡成為玩家，你就有自己要克服的事！」

「唔……嗯……」旺柴被罵得很心虛。

因為綠水對他來說，早就不是「道具」，而是像伙伴一樣的存在。

在無助的時候，他會想依賴伙伴，這不是很正常的嗎？但他忘了，這裡只有他是玩家。綠水可以在訊息方面幫助他梳理思路，但武器必須由他發射，怪必須由他打，任務必須由他親手達成才能領取到獎勵。

「綠水，我從來沒有玩過這樣的副本。」

「我知道。」

「這是正常的故事線，還是……bug 造成的？」

綠水沈思了半晌，「數據不穩定會造成什麼後果，我並不清楚，但是，很有可能造成蝴蝶效應。」

「蝴蝶效應？」旺柴不懂。

綠水點頭，解釋道：「你在遊戲裡看到的任何一個ＮＰＣ都是ＡＩ，包括我也是。」

「ＡＩ？」旺柴越聽越複雜。

「ＡＩ的意思是，我們有基礎人設和從人設衍生的人工智慧運算，我們說的每一句台詞都是我們自己『想』出來的，我們不像市面上那些爛大街的遊戲，背後有文案寫手幫角色寫台詞。」

「為什麼我覺得你好像滿自豪的？」

「當然。」綠水挺起胸膛，他沒有說出自豪的理由，只是微笑，「這種做法有個好處，就是每個ＮＰＣ都會很生動；商店老闆不再是同樣的幾句台詞輪替，街上的路人都會有表情，但這樣也會有風險。」

「什麼風險？」

「如果有ＮＰＣ設定錯誤，他就會一直錯下去，並影響到身邊其他的ＮＰＣ。」

「所以，這位伊韓亞……」旺柴沒有把話說完，因為他注意到被關在對面的阿格沙。

阿格沙坐在乾草堆上，雙手抱著膝蓋，和服包著他的身體，他低頭不語。

旺柴心裡忽然閃過一個想法，如果這不是bug呢？

「嘿！喂！阿格沙！」旺柴抓著鐵欄杆，朝對面大吼，「你才剛叫『他』哥哥，你們是兄弟嗎？你知道真正的吸血鬼王去哪裡了嗎？」

阿格沙抬起頭，「主人一年前就到西海度假了，沒有人知道他的確切位置。」

「一年前……猩紅之地布告欄上的畫像，是從一年前開始累積的！」旺柴眼裡閃著興奮的光芒，他找到線索了，「畫家說過，他在猩紅之地住了一年，畫了六十張畫像，平均一個星期就失蹤一人，但這段時間吸血鬼王不在……表示這些人都是伊韓亞抓的吧？伊韓亞飲用這些人的血，用他們的鮮血沐浴，是你說的吧？阿格沙！」

阿格沙抓著和服前襟，走到鐵欄杆前，望著對面的少年，「不是六十人……」

「你說什麼？」

「是六百五十人。這附近包括猩紅之地在內的十七個鄉鎮，都是貝松里伯爵的領地。」阿格沙皺著眉頭，紅了眼眶，旺柴的心也沈到谷底。

「為什麼需要多人……」

「嗚……」阿格沙低聲哽咽。

「阿格沙，伊韓亞是吸血鬼嗎？你也是嗎？」

「不……」

「那為什麼他需要那麼多鮮血？」

「因為他想成為吸血鬼。」

「什麼？」

「他想成為吸血鬼！」阿格沙用和服袖子為自己擦眼淚，「他以為穿上跟吸血鬼一樣的衣服、做跟吸血鬼一樣的事，他就能成為吸血鬼了，但主人是不會殺人的，真正的吸血鬼不會屠殺人類！」

「這跟我的認知不一樣。」旺柴小聲對綠水道，綠水聳了聳肩，表示他也不清楚。

「主人來自純血族的貴族家庭，他的地位非常高。他說過，如果吸血鬼每次進食都把人類殺掉，那總有一天這塊土地上會無人可殺，仰賴鮮血而活的吸血鬼也會因為找不到食物而自取滅亡。」

旺柴聽了，心裡有點佩服，「這位吸血鬼王怎麼……」

「滿環保的。」綠水道。

旺柴不知道該怎麼吐嘈！

但一個美人在他們面前哭得梨花帶淚，這時候不管是吐槽或批評都不合適。

「我還剩多少時間？」旺柴問。

綠水一彈指，倒數中的數字出現在空中，「兩小時八分鐘又五十七秒。」

幾乎是默不可聞的，旺柴的眼神改變了，可能連他自己都沒有發現。

那雙深紫色的眼珠變成畫家給他的肖像畫，充滿決心，即使到最後一秒也不放棄。

他能夠做多少、能承擔多少，或許他並不清楚，但他沒有為此而退縮。

他決定要把一件事情做完就會堅持到底。

「阿格沙，把你知道的事情都告訴我！你怎麼來到城堡的，伊韓亞又是怎麼來的？」旺柴抓著鐵欄杆，雙眼緊盯著對面的青年。

阿格被看得有點不舒服，他抓著和服前襟，下意識對他人的目光感到退縮，「我們是……我們都是從猩紅之地來的……」

「我們？」

「二十年前，一個從外地來的紳士以一個人八枚銀幣加一瓶藥水的價格，從猩紅之地的村民手中買走了七個孩子。我是其中之一，伊韓亞也是。」

「！」旺柴想起了沙龍裡的七幅畫。

「我們在城堡裡長大，主人總是說……我們要為此感到驕傲。」

地牢的一角亮了起來，變成一間明亮的教室。教室的牆面種滿植栽，儼然是一片生態牆。牆上的植物有很多種類，其中一種長著觸鬚般的枝芽，紅色的花苞被橢圓形的指甲戳了一下，彈出致命的花粉。

花粉讓附近的葉子都變黑了，但那隻手指卻毫髮無傷，甚至還放進嘴裡，舔了一下。

教室裡有七張桌子，圍成一個圓圈，每張桌子前面都站著一個小男孩。

「在我的城堡，只有一條顯而易見的規矩！」

旺柴聽到了特殊的口音，跟猩紅之地的畫家、小女孩、路人都不一樣，是一個一聽就覺得是「外地人」的口音，但是那聲音鏗鏘有力，說起話來讓人無法忽視，甚至會被吸引。

「我是你們的主人，從這一刻起，到永遠。」

站在窗邊的少年轉過身來，旺柴終於看到了他的長相。

少年有一頭烏黑長髮，皮膚雪白，他的眼眸和旺柴一樣是深紫色的，嘴唇就像有人把血滴到了雪地上，他美得讓人窒息，彷彿會吸走你的最後一口氣……

他穿著暗紅色的長袍，領口和肩膀裝飾著黑色的羽毛，他的個子不高，同樣的身高走在路上很容易被人群埋沒，但因為少年的存在感太強了，有很多人會讓路給他。

他不用成群的護衛，他一個人就可以是一支軍隊。

旺柴現在才了解到，能夠有這種無形氣勢的人，才是他要找的對象——吸血鬼王。

「你們都是被揀選的孩子，你們能來到我的城堡，是你們的榮幸，我希望大家在這裡好好學習。」

吸血鬼王繞著桌子排成的圓圈，從孩子們的背後慢慢走過。

「總有一天，你們會知道，這個世界不是只有你們現在能看到的程度，還有很多東西是隱藏在……數據裡的。」

是旺柴的錯覺嗎？吸血鬼王好像說了……數據？

他聽錯了嗎？劇情ＮＰＣ會說這種話嗎？

「總有一天，會有人用你們從來沒聽過的名字來稱呼你們，他們會給你們一個標籤，而你們將一生都難以撕除。」

雖然是回憶畫面，但吸血鬼王說話的時候，他瞥過來的一個眼神和旺柴對上了。旺柴不禁打了個冷顫，他覺得吸血鬼王的眼睛好像能看穿他。

吸血鬼王和他一樣都是少年的個子、少年的容貌，但吸血鬼王的雙眼卻像老練的大人，好像他已經身經百戰了，所以他知道這盤棋該怎麼下。

「你們來到我這裡，是你們改變命運的第一步，你們不會成為像你們父親那樣的人，你們不會變成酒鬼、賭徒或是任何一個被唾棄的角色，你們可以成為……你自己。」

吸血鬼王停下腳步，他就站在旺柴正前方，雙眼正對著旺柴。

旺柴總覺得……覺得……

吸血鬼王那張臉……

正在改變！

吸血鬼王的身高、身型本來就很像他了，如今那張臉將皮膚顏色變深、眼角和鼻子的形狀稍微動一下，竟變得跟旺柴一樣。

旺柴倒抽一口氣，整個人退後好幾步，跌坐在地上。

回憶畫面消失了。

「旺柴？」綠水扶著旺柴的背，一臉擔心，他有注意到旺柴彷彿被什麼吸引，目不轉睛地盯著前方，但他不知道那是「什麼」。

「你看到了嗎……」旺柴喃喃地問。

「看到什麼？」綠水很想知道。

「他……」旺柴不知道該怎麼說，因為他從綠水疑惑的眼神裡看不到與自己相同的經歷，所以他沒辦法問綠水「你看到他變成我的樣子了嗎？」、「你看到了嗎？」。

不是旺柴不相信綠水，而是在這一瞬間，他忽然覺得綠水與他有了一點距離。

綠水不是最了解他的人，最了解他、彷彿深入他心底般地了解他，甚至與他有相同臉龐的人——

是吸血鬼王。

「沒事。」旺柴從地上爬起來，走回鐵欄杆前，「阿格沙，他把你們帶到城堡，然後呢？」

「主人教我們很多東西，我學得很慢，只有鋼琴彈得比較好。伊韓亞跟我不一樣，他什麼都懂，而且……他很會測試主人的底線。」

阿格沙說完，地牢一角又亮了起來，場景從教室轉到圖書室。

旺柴看到一名淺褐色頭髮的小男孩拿著蠟燭在書架之間閒逛，他瀏覽著書名，抽出一本，翻開幾頁瞧瞧，又放回去。他走到窗邊，看到外面漆黑一片，窗戶上有自己的倒影和風雪的呼嘯聲。

「伊韓亞。」吸血鬼王走進圖書室，他身上的暗紅色長袍變成了不同款式，「我說過，每個人都必須在九點以前上床睡覺，這是為了你們的身體健康著想，現在幾點了？為什麼你擅自離開寢室？」

「主人，是您的話讓我睡不著。」

「我？」

「您說除了我們眼前看到的，還有很多是我們看不到的，我想知道那些看不到的東西長什麼樣子……」

「但在光線不足的地方看書，會影響你的健康，你的健康會影響到你的血液品質，你的血液品質會影響到我的口感。」吸血鬼王動動手指，天花板亮起無數光球，「學一點光系魔法，不為過吧？」

「是的，主人，只要您肯教我。」小男孩稚嫩的臉上泛起微笑，旺柴知道，他已經擄獲吸血鬼王的心了。

「來，」吸血鬼王對男孩伸出沒有戴手套的手，「我帶你回房間。」

「他總是這樣。」阿格沙的聲音響起，回憶畫面消失，「只有他可以打破主人制定的規矩，卻不受到處罰。」

與其說伊韓亞懂得施計討吸血鬼王歡心，不如說這位吸血鬼王本身也沒多壞。

一個堂堂吸血鬼王，聽起來好像一天到晚流連於後宮，紙醉金迷，但他教導男孩們的樣子卻像個溫柔的老師，同時還身兼宿舍舍監、校長。古堡裡看起來沒有其他管理者，因為吸血鬼王的氣勢那麼強，不像一個會讓別人踩在他頭上的人。

這樣的吸血鬼王一定很忙，所以，後宮的傳聞到底是怎麼來的？

旺柴不禁認為，任務信上寫的才是「全都錯」，這樣誤導玩家真的沒問題嗎？

「還有呢？」旺柴問。

「太多了……我不知道要先說哪一個。」阿格沙搖了搖頭，似乎不太願意提起。

「你喜歡這裡的生活嗎？」

「我嗎……」阿格沙的表情軟化了，「我沒什麼好抱怨的……但那是在主人離開之前。」

「為什麼吸血鬼王要去度假？而且也太久了吧？」

「我不知道……但主人把城堡的管轄權交給伊韓亞，以及周圍十七個鄉鎮，都以貝松里伯爵名義統治。從那之後，伊韓亞穿上吸血鬼的衣服，他甚至連說話都開始模仿主人的口音。」

也就是從那時候，伊韓亞開始從鄉鎮裡搜刮十五到十九歲的年輕男性。

「阿格沙，你不知道吸血鬼王的位置，但就沒有任何方法可以聯絡到他嗎？」

「主人有一面魔鏡……」

旺柴像看到了希望，但阿格沙又接著道：

「它在伊韓亞的房間裡。」

旺柴的嘴角又垮了下來。

※

伊韓亞站在金色的鏡子前，藍色的眼眸難掩高傲。他背後的披風垂到地板，上面用羽毛和珍珠拼湊出無數隻手爭相抓取的圖案。全身穿著暗紅色的他，就像沐浴在血池裡。

「魔鏡啊魔鏡，我的主人在哪裡？」

鏡子裡浮現影像，是一個黑髮少年的側臉。

少年轉過頭來，對伊韓亞微笑。伊韓亞頷首，但他看到少年背後那模糊的人影，似乎又是另一群孩子，他的笑容就慢慢收斂了起來。

『啊，伊韓亞，城堡裡的一切都好嗎？』黑髮少年爽朗地問。他的長髮盤了起來，是個非常時髦的髮型。

「是的，一切都好。」伊韓亞的口氣卻有些冷漠。

『那你打斷我的行程，有什麼事嗎？』

「主人，我發現一個從沒看過的武器。」伊韓亞拿起放在旁邊桌上的十字弓，便是從旺柴手中搶走的那把。

黑髮少年眉頭一皺，『你從哪裡弄來的？』

「持有者是一名少年和他的……我不知道怎麼該形容……『精靈』嗎？他們從猩紅之地過來，我派人打聽過了，他們在公開場合大聲嚷嚷著要殺掉吸血鬼，這是從來沒發生過的事，我會保證它以後也不會發生。」

『等等！』黑髮少年叫住伊韓亞，『他們還說了什麼是你沒聽過的？』

「是的，有很多。」

『他們說了什麼？』

「那名少年說自己代表埃維爾聯合公會，我從來沒聽過那個組織。他們還說了好幾次……『玩家』，他們說自己是玩家，開放組隊，那是什麼意思？」

『伊韓亞，我教你們要為自己的身分感到驕傲，我教你們要勇於面對難題，但我也說過，遇到打不過的敵人就該跑。』

「這裡是我的領地，我絕對不會逃跑！」

面對伊韓亞固執的嘴臉，少年輕輕嘆氣。伊韓亞還想說些什麼，但少年切斷了通訊，伊韓亞看到的又是光滑的鏡面，上面有自己的倒影。

那倒影裡，有一雙失落的眼睛，就像一隻被拋棄的小狗，在雪中徬徨。

不，那不是他……

伊韓亞在鏡子前站了一會兒，眼神逐漸變得冷酷。他拿起十字弓，學那名使用過的少年，他先擺出姿勢，然後才真的扣下扳機。

短箭連射，放鏡子的架子被打斷了，鏡子砸碎在地上。伊韓亞放下十字弓，但沒過多久，地上的金色碎片就像遇熱融化似的，變成了熔岩的形狀。

金色熔岩慢慢流動、慢慢匯聚，像千絲萬縷般結合在一起，恢復成鏡子的原貌。

※

回憶影像中的小男孩消失，阿格沙的臉上十分無奈。

「唉，他也不是從第一天就這麼討厭的……」

阿格沙又訴說了一段回憶，旺柴觀察著他臉上的表情，那皺眉的樣子、欲言又止的樣子、失望的樣子，光是一雙眼睛就代表了千頭萬緒。

「我們像兄弟，但又不是真正的兄弟。我想，如果你把一群男孩子關在一起，他們也沒其他選擇。」

「哼，那是你太單純了。」綠水雙手交叉抱胸，曖昧的眼神投射過來，「就因為是一群男孩子，能搞出的事情可多了，像是〇〇××——」

旺柴及時摀住綠水的嘴。

「我覺得伊韓亞是在乎我們的，只是，我們跟他的目標比起來根本微不足道。所以，我們可以被犧牲掉。」

旺柴的手慢慢放下來，綠水也不假裝掙扎了，他們對看一眼，都有個不祥的預感。

「阿格沙，」旺柴走到欄杆前，但對面的阿格沙卻迴避了他的目光，「你老實告訴我，他有傷害你嗎？」

阿格沙轉過身去，白色的和服外套像一層保護殼，包著他的身體。

「回答我，阿格沙，他傷害你了嗎？」

「他殺了我們其中一個兄弟，我卻還待在城堡裡……我不知道這算不算一種傷害。」

「你為什麼不離開？」

阿格沙看著對面的少年，在少年眼裡看到了不理解，但他不知道該怎麼辯解，只好聳了聳肩，「我不知道要去哪裡……我不知道我離開了主人的城堡後，我要怎麼活下去。」

「所以你說服你自己，他其實沒有那麼壞？」

「我……嗚……」

阿格沙淚眼婆娑，讓旺柴問不下去。

就在這時，地牢來了幾名衛兵，他們打開旺柴牢房的門。

「出來！」

旺柴趁這時候用他那顆很硬的腦袋往前一頂，撞倒了一人。

旺柴跑出牢房，綠水緊緊飄在他身後，但兩人沒跑（飄）多久，就聽到一聲槍響。

砰——

網子罩住旺柴，把旺柴壓在地上，變得像一團繭。

「很抱歉。」南瓜拿著網槍，衛兵將動彈不得的旺柴抬起來，「我不想違抗上級的命令。」

「你也是七個兄弟的其中一個！」旺柴一開始就該發現了，南瓜能自由進出城牆，而且沒有穿衛兵的制服，肯定不是路人角色，「你是站在伊韓亞那邊的嗎……阿格沙！你說點什麼啊！阿格沙！」

「我沒有站在誰那邊，我說過了，我只是領薪水的。」南瓜打開阿格沙的牢房。

阿格沙走出牢門，但旺柴已經被抬走了。

旺柴一路上都在死命掙扎，抬著他的衛兵每個力氣都很大。

「你們要把我帶去哪裡？放開我！放開我！綠水，你不要光是飄著，快救救我！」

「我的職責就是看著你。」有人說著風涼話。

「光看有什麼用，做點事啊！放開我！」

綠水飄在旺柴上方，勾起唇角，「這風景滿不錯的。」

「救我！救我啊，綠水大大！」

「盡量叫吧，我喜歡聽你叫的聲音。」

「啊啊啊～～～～」

# 第四章

# 家族內鬥就是要甩巴掌

旺柴被抬到城堡的覲見大廳，看到坐在王座上的伊韓亞。

王座背後是巨大的黑色岩石，宛如冷卻後的熔岩，但那表面的光澤和底下有什麼在流動似的紅光，讓人不知道這座火山什麼時候會噴發。

天花板上都是光球魔法，整座大廳壯麗輝煌，伊韓亞穿著跟肖像畫上一樣的衣服，披風長長地垂在臺階上，上面有無數隻手臂爭相搶奪、纏繞、擠壓。

大廳的正中央吊著一個鐵製人形，它有頭、有手腳、有軀幹。

旺柴身上的網子被解開，但他的兩條手臂仍被衛兵緊緊抓住。

「在吸血鬼的城堡長大，並不全是壞事。」伊韓亞的食指和拇指都戴著尖銳的金屬護甲，他的手放在王座扶手上，食指輕輕點著，緩緩開口，「舉例來說，你會很清楚人體結構……就像我知道哪裡的血流得比較快，我知道哪裡是人體的弱點。一項技術要禁得起考驗，就要經常研發與修正，你同意嗎？」

「我同意你一定很適合當外科醫生！」旺柴被拖著往鐵人形走。

「我發明的刑具能在十三分鐘內把一個少年的血榨乾，我改良了很多次。」

鐵人形緩緩降下來，打開，裡面全都是長短不一的細長尖刺。

旺柴看了，密集恐懼症都要發作了！

「伊……伊韓亞，這對你一點好處都沒有，因為我是不會死的！我的生命值下降到一，我就會被傳回城鎮了！」

鐵人形的旁邊有一鍋熱水，衛兵突然抓著旺柴的頭，把人壓住水中。

咕嚕嚕……

「哈啊！」旺柴的頭被抓起來，他吸了一口大氣，他可以看到自己的生命值和飢餓值正在下降，但離「一」還有很遠，

為什麼會下降飢餓值他也不知道！可能是被嚇到肚子裡都沒食物了吧？

大鍋裡的熱水不是煮沸的，大概就是洗澡水的熱度，但差一點就要溺死的感覺並不好受，旺柴的上半身都濕了。

「你想幹——」

咕嚕嚕……

旺柴又被壓進水中。

伊韓亞的目的顯然不是溺死旺柴，因為衛兵一下子又把旺柴抓出來。

「你知道在環境溫度突然升高的時候，人體的血流會變快嗎？或許那就是主人會在我們洗完澡後吸血的理由……因為比較好吃。」

「啊啊啊！」

旺柴整個人被丟進大鍋裡，他在裡面翻了一個滾，自己狼狽地爬出來。

他全身都濕了，防禦裝備正在損壞。

「你到底……想幹什麼，伊韓亞？」

「你好吃嗎？」王座上的青年氣質優雅地問。

旺柴突然又被抓起來，衛兵將他拖向鐵人形，眼看就要把他壓進去——

「停停停，我們可以達成協議！我是來救你的，伊韓亞．貝松里！」

伊韓亞手指一舉，衛兵就停下動作。

旺柴的雙手已經在掙扎中被刺傷了，鐵人形裡面的尖刺離旺柴的眼睛就差一公分。

「又是一句我聽不懂的話。」伊韓亞道。

旺柴被往後拉，跌坐到地上。

「首先，告訴我什麼是埃維爾聯合公會。」

「那是……」

旺柴對這突如其來的「仁慈」感到不知所措，他瞥向從頭到尾都在看戲的綠水。

綠水聳聳肩，顯然他也不知道伊韓亞為什麼會問。

「呃，公會就是……很多人聚集的地方。你可以去那邊接任務、換獎勵，他們也能提供存錢、領錢、繳房租之類的服務……」

「聚集在那裡的都是什麼人？」

「都是……冒險者……吧？應該也有一些路人之類的。」

「什麼是冒險者？」

「就是……到處接任務、解任務……類似解決疑難雜症，還有魔物獵人，我們會到處跑來跑去，殺掉像你這樣的魔物。」

「你從哪裡得到『那種武器』的？」伊韓亞瞥了一眼，一名衛兵把旺柴的十字弓拿出來。

「從……公會得到的……」

「那個叫公會的地方，還有很多這樣的武器嗎？」

「應該是吧。」旺柴心裡越發疑惑。

「公會的位置在哪裡？」伊韓亞問。

「理論上來說，大一點的城鎮都有，我註冊的城鎮是星河市，那裡有埃維爾聯合公會的總部。」

「你怎麼來到猩紅之地的？」

「用……」旺柴看了綠水一眼，但綠水一直在觀察伊韓亞，沒空理他，「用傳送光圈。」

「是傳送魔法的一種嗎？」

「算是……」是接了任務才能傳的，但旺柴不打算深入解說。

每一個副本任務都會有一個起始點，必須完成副本才能退出，或者使用傳送回主城的卷軸，但是這個卷軸只能從外面帶進去，副本內的商店是不會賣的，也就是說，來到猩紅之地的玩家或出生在此地的ＮＰＣ沒辦法想去星河市就去。

「你為什麼要問這些，伊韓亞？」

「那你又為什麼要來救我？」

——因為那是任務！

「我問完了，將孩子們帶上來。」

「什麼孩子？」旺柴被推向綠水，兩人一同被趕到後面，「什麼孩子？伊韓亞！」

衛兵帶著一群長相清秀的少年走進覲見大廳。少年們像牲畜一樣用繩子綁在一起，他們的面色紅潤、頭髮濕潤，他們都被洗過澡了。旺柴認出一些少年的臉，他在猩紅之地的布告欄上看過。

「伊韓亞，你要做什麼？」旺柴想衝上前，但被衛兵攔住，「伊韓亞！」

伊韓亞緩緩走下王座，手上接過衛兵遞來的高腳杯。

就像吊起一顆檸檬，用力擠出檸檬汁，被壓進鐵人形的少年，連聲哀嚎都沒有，鮮血就從鐵人形身上預先設計好的孔洞流出，伊韓亞伸出杯子去接，其餘的鮮血就流進地板上的大洞。

旺柴突然想起阿格沙說過伊韓亞會用鮮血沐浴，那地板底下會是血池嗎？旺柴全身都沒了力氣，綠水扶著他，他還是跪在地板上。

## 第四章

# 家族內鬥就是要甩巴掌

他從來沒有感覺如此挫敗過。

他沒有目標、他無法達成任務，他眼前能看到的，只有壓倒性的權利與殺戮。

他要怎麼阻止？他贏不了這場遊戲……

南瓜和阿格沙來到覲見大廳。阿格沙看到鐵人形高掛，整張臉都白了，他摀著嘴巴，小口喘氣並別過頭，因為他看不下去……但他卻突然瞪大眼睛。

一縷黑色髮絲從阿格沙的面前飄過，強力的氣場震碎了大廳中央的鐵人形。

旺柴抬起頭來，看到一名黑髮少年站在大廳中央。少年穿著灰色的皮草大衣，衣襬殘留著霜雪，他的手上纏繞著紫色火焰，一雙眼瞪著伊韓亞。

伊韓亞捏碎了玻璃杯。

「你趁我不在的時候，重新裝潢了我的城堡啊？」少年挑眉問道。

「主人！」阿格沙驚喜地大叫，他跑到少年身邊，一把抱住少年。

少年意思意思地拍拍阿格沙的手，示意他放開。

南瓜向少年低頭行禮，少年則對他伸出手。作為行禮的一環，他親吻了少年的手背。

伊韓亞沒有上前對任何人卑躬屈膝，他反而走上階梯，回到王座上。

「伊韓亞。」少年的音調拉高，「你在我的位子上做什麼？」

伊韓亞坐在王座上，眼神變得陰暗，「我沒想到您會這麼早回來。」

「你還沒有回答我。」

「回答什麼？」

「你在我的位子上做什麼？」

「……」

「我叫你要懂得逃跑。」

黑髮少年轉頭，瞥了旺柴一眼，但旺柴認為自己什麼都沒做。而且……近看吸血鬼王本人，旺柴才覺得……他跟自己長得一點都不像！

吸血鬼王的鼻子太高、臉太白，嘴唇太紅、眼影太重！

衣服上雖然沒有金銀珠寶，但是那身皮草大衣就足以展現低調奢華，他有像吸血鬼王這麼有錢嗎？

沒有！沒有啊！他的錢都被綠水花光了！

總之，吸血鬼王跟他長得一點都不像！旺柴只是想證明這點。

「我為什麼要跑？」伊韓亞反唇相譏，「你把城堡和周圍的十七個鄉鎮交給我，這裡和周圍的十七個鄉鎮都是我的領地！我絕對不會拋棄我的領民！」

「我有教你殺自己的領民嗎？還是小孩子？」對吸血鬼王來說，那些臉色蒼白、發著抖的少年都是小孩子，「我幾乎可以聞到滲進牆壁、地板裡的血腥味，那些被你踐踏的靈魂能讓你晚上睡得好嗎？伊韓亞？」

「我只是在做你做過的事情。」

「是嗎？我做了什麼？」吸血鬼王手一揮，衛兵解開捆著少年們的繩子。

「你從窮苦的農民手中購買小孩，一人八枚銀幣加一瓶靈藥，我付一人十枚！」伊韓亞說得理直氣壯，「多出來的那兩枚是通膨的結果。」

難怪底下會有蠟燭和花圈……

旺柴瞬間懂了，因為猩紅之地公布欄上的畫像並非單純的尋人啟事，那些是母親們的紀念碑，因為她們把自己的孩子賣給了山上城堡裡的貴族——貝松里伯爵。

她們知道伊韓亞每天、每晚都在從孩子的身上汲取鮮血，但為了錢和用錢能換取的物品與價值，她們聽到貝松里伯爵的名字就急忙躲開。

也許拿錢的人是父親，也許是母親，但是母親會帶著悔意與期盼孩子會回來的心情，找上畫家，畫了不會有人協尋的畫像。南瓜說過，猩紅之地那邊從來沒有人過來。一個地區走丟了這麼多年輕人，卻沒有半個人有怨言，這不是很奇怪嗎？

「我讓周圍的十七個鄉鎮變得繁榮，就像你曾經讓那些窮人變得有飯吃！我造橋鋪路，就像你一樣！我甚至在猩紅之地蓋了一座他媽的噴水池！」伊韓亞激動大吼，但吸血鬼王只是冷冷地看著他。

「我有教你殺小孩嗎？」

「我只是在做，你曾經做過的事。」伊韓亞一字一句地道。

他不再用敬語，他也沒有要離開王座的意圖。

他已經在吸血鬼王的教育下，成為下一任的統治者了，至少他自己是這麼認為。

吸血鬼王依舊冷著一張臉，「你什麼都想推到別人身上，對吧？我有殺小孩嗎？」

「你殺了該隱和弗德米爾，我們七個兄弟中的兩個人。」

「該隱是生病去世的！」阿格沙走出人群之中，「伊韓亞，那時候你也在，那年的冬天特別冷，我們有好幾個人都感冒了，我也是……但該隱沒有撐下去……」

「他是在喝下主人給的藥後才死的。」

阿格沙轉頭望向吸血鬼王，一雙綠眸寫滿了不可置信。

「我們都喝了藥，為什麼只有該隱沒活下來？因為主人不想讓他活下來。」

「是真的嗎？」阿格沙問。

阿格沙質問的對象是吸血鬼王，但吸血鬼王抬起了一雙高傲的眉目。

他不願回答。

「那弗德米爾……弗德米爾從城牆上滑下去，那是意外！他不聽主人的話，硬要爬上去，主人都已經說過了，千萬不可以站到城牆上……」

「我親眼看到，是主人推他下去的。」伊韓亞摸了摸自己手上的金屬護甲，「主人也看到我了，我想……那就是你一直納悶，為什麼我都不會受到處罰的原因。」

阿格沙望向吸血鬼王，綠色眼眸裡盈滿了淚水，但吸血鬼王沒有要為自己辯護的意思。

「阿格沙，真正的問題不是主人有沒有殺該隱和弗德米爾，而是他為什麼要殺他們。他把我們買回來，給我們好吃好住、細心栽培，圖的是什麼？我們就像他的奶牛，農夫想要高品質的鮮奶，而他想要的是高品質的鮮血。所以我唯一能想到的，就是該隱和弗德米爾的血變質了。」

「給我下來。」吸血鬼王只這麼說。

「……」

「他媽的給我從王座上下來！伊韓亞！」吸血鬼王用足了氣怒吼，大廳的吊燈都在晃動。

伊韓亞坐在王座上，看似不為所動，但旺柴細微地觀察到他的眼裡有對吸血鬼王的恐懼，但那並非因為吸血鬼王是個魔物，也不是因為吸血鬼王的氣場很強，會憑空出現、會獅吼功之類的，而是因為，吸血鬼王是他的父親。

或者至少，他的內心深處還把吸血鬼王當成父親。

父親的權威是讓孩子聽話的最快方法。一個父親的震怒，會讓他的孩子們都為之顫抖。

旺柴看到了這一幕，他彷彿也能感受到伊韓亞的恐懼……

他不知道為什麼，但他覺得自己可以感同身受。

「如果我真的把你當奶牛，你會被脫光衣服丟在牛棚裡，但我給了你知識、智慧，甚至讓你在這裡跟我大小聲的機會，但你是怎麼回報我的？」吸血鬼王慢慢往前走，他瞥了一眼地板上的大洞和垂下來的鐵鍊，「這些？就是你回報我的方式？」

伊韓亞瞪著吸血鬼王，沈住氣。

「我有教你在我的城堡裡大屠殺？我有教你把鮮血灑得到處都是？」吸血鬼王踩到了地板上的一灘鮮血，但他的表情就像踩到一塊蛋糕，那不僅弄髒了他的鞋子，還浪費食物，「我有教你坐在那上面？」

「我只是在做你會做的事情……」

「下來。」

「我只是想成為你……」

「下來！」

「我希望我能成為你！」

吸血鬼王來到王座前的階梯，一腳踏在臺階上，「伊韓亞，你現在做的事是你自己的決定，不要賴到我身上。」

「我希望我是你……」伊韓亞緩緩起身，吸血鬼王卻甩了他一巴掌。

那一巴掌的聲音為之清脆，旺柴愣住了，阿格沙和南瓜也愣住了。

伊韓亞摀著自己被打的部位，他的鼻子和嘴角都流血了。

「你自己的血，味道嚐起來怎麼樣？」吸血鬼王瞥了伊韓亞一眼，卻沒有坐到王座上，他走下來，從衛兵手裡接過旺柴的十字弓。

吸血鬼王朝旺柴走過去，正當旺柴以為他要攻擊的時候，他只是擺出瞄準的動作，然後把十字弓丟還給旺柴。

「滾出我的城堡，回到你原本的地方。」

「咦？」旺柴這下不只愣住，他還傻住了。

吸血鬼王不僅過來救他，還要放他走？

「那個……」旺柴想問一下這究竟是怎麼一回事，但吸血鬼王已經瀟灑轉身了。

吸血鬼王正在指揮衛兵將少年們送回去，至於已經死掉的，他沒辦法。

「主人！您就這樣放過他了嗎？」阿格沙衝到吸血鬼王面前，抓住吸血鬼王的大衣袖子，「他殺了我們的兄弟瑪摩塔！雷文被他氣走了，他下一個目標就是我！」

「我沒有殺他！」伊韓亞急著為自己辯解，「我們起了爭執，是他自己從陽台摔下去的！」

「有人能為你作證嗎？」阿格沙轉頭質問。

伊韓亞馬上變了臉，「你這個小抓耙仔，給我閉上你的臭嘴！」

「夠了！」吸血鬼王一聲喝斥，大廳內馬上寂靜無聲。

吸血鬼王看向旺柴，紫色眸子裡滿是憤怒的火光，「滾！剩下就是我們的家務事了。」

旺柴拿出口袋裡任務信，「打倒吸血鬼王（0／1）」和「救出伊韓亞·貝松里（0／1）」的指示沒有改變，但他要打也不是，不打也不是……

他看向對他下逐客令的吸血鬼王。

「你還在這裡幹什麼？」

旺柴看得出來，吸血鬼王現在很不爽，非常不爽！

吸血鬼王的眼眶冒出紫紅色的紋路，示威似的在講話的時候露出尖牙，「你擅闖我的領地我都不跟你計較了，你無視我的仁慈，是想與我為敵嗎？那就是你想要的嗎？成為我的敵人？」

「呃……」旺柴下意識後退，他對吸血鬼王沒有恨之入骨的敵意，這一切都只是遊戲任務，但如果真的要打，該死的人應該伊韓亞吧？為什麼任務信上仍寫著要打倒吸血鬼王？吸血鬼王剛才還救了他啊！

砰！

突然一個槍響，吸血鬼王頭一歪，子彈射到地板上。

吸血鬼王把自己的頭扶正，往旺柴瞪過來。

烈焰。

「不……不是我啊！」旺柴正想解釋，但吸血鬼王已經打出手中的紫色火焰，像龍吐出的

旺柴下意識閉上眼睛，這時，一道人影從天而降，接走了他。

旺柴跟著那個人在空中蕩了一圈，方才落地。

「看來長距離武器對他無效。」那個人手上拿著狙擊步槍，穿著黑色的皮革長外套。長外套的兜帽遮住他的頭髮，黑色的半張面罩遮住他的口鼻。

旺柴看到他有一雙奇特的金色眼睛。

他比旺柴高太多了，旺柴的身高只到他的胸口，剛好讓他摟著腰。

「你還剩多少時間？」那個人放開旺柴，摘下兜帽和面罩，一頭漆黑的短髮映出深藍色的光澤。他舉起狙擊步槍，對著吸血鬼王。

即使已經知道無效，但他還是不放棄，因為只要在戰場上放下最後一把武器就算投降了，他對此有深深的覺悟。

旺柴感受到了那份覺悟，所以有點看傻了眼。

對方的年齡大約落在二十五至二十八歲之間，俊美的臉龐帶著成熟男人特有的粗獷，讓人覺得一切都可以倚靠他。男人握槍的姿勢很標準，讓旺柴聯想到軍人。雖然旺柴沒有見過真正的軍人，但他也沒有被別的玩家救過。

先決條件是，對方是「別的玩家」，而非吸血鬼王的哪位嬪妃或兒子。

「你有剩下的增幅藥水嗎？」

「有……」旺柴這才回過神來，打開自己的物品欄。

「全部給我。」

「什麼？」

男人送來了組隊邀請。

旺柴看著在空中不斷發光的小信封，他以前從來沒有收過，所以他既激動又感動，終於有玩家要跟他組隊了……他再也不是邊緣人了！

「你還剩多少時間？」男人又問了一次。

男人拉著旺柴的手，躲開吸血鬼王射出來的火焰。

吸血鬼王對又來一個擅闖者感到很不開心，非常不開心！

但旺柴的心裡卻怦怦跳，他的手從來沒有被握得那麼緊過。

他的頭從來沒有在躲避怪物攻擊的時候，能被一個男人壓進懷裡。

他的臉頰碰到了男人胸前的皮革，男人一手握槍，一手摟著旺柴的肩膀，帶旺柴躲在柱子後面，但吸血鬼王放出大範圍環境技能，讓黑色石頭做成的柱子長出尖刺。

柱子不能躲了，男人又拉著旺柴繼續跑。

「快點按『接受』！」男人大吼。

「喔喔喔！」旺柴趕緊按下在空中漂浮著的信封圖示，接受對方的組隊邀請，「你怎麼知道長距離武器對吸血鬼王無效？」

「猜的。」

「……」

看到旺柴無言的表情，男人忍不住莞爾。

「你帶著這麼一大把十字弓，卻不對吸血鬼王射擊，表示你之前已經做過了，但是效果不彰。我也用自己的武器驗證過了，我對自己的槍法很有信心。他會施放火焰，表示他擅長魔法攻擊，但不幸的是，我不是魔法師，我也沒有帶跟魔法有關的耗材。他剛才打了那個紅衣男一巴掌，透露出他們這一系列怪物的弱點，就是物理攻擊。」

「……」旺柴目瞪口呆。

能夠在短時間內觀察並推理出這一系列，旺柴才想知道這是什麼能力！

男人將狙擊步槍掛在背後，將武器換成兩把短刀，「給我你所有的增幅藥水。」

旺柴將道具無條件轉給對方，但他剩下的也不多，兩瓶加速度、兩瓶加防禦、一瓶治花粉過敏、一瓶能讓野外採集到的食物變好吃。

「你能用物理攻擊打倒他嗎？」

「你還剩多少時間？」

「二十八分鐘。」綠水冒出來，一雙綠眸充滿不信任。

「夠長了。」男人對綠水和旺柴點了個頭，信心滿滿地闖進火焰中。

吸血鬼王將火焰當作陷阱，碰到的人會持續扣生命值，但男人卻能在火焰中穿梭。他朝吸血鬼王揮出短刀，吸血鬼王的雙手變成了又尖又長的指爪，就像伊韓亞戴的金屬護甲。

兩人來回交鋒，刀光閃爍，男人的臉頰和皮衣都被劃傷，生命值一直扣，但吸血鬼王自從他改成近身攻擊，就沒有再施放魔法。

旺柴心想，男人的猜測可能是對的，那才是攻略這個副本的方法。

「你是誰？你為什麼要攻擊主人？給我住手！」

他沒出聲，旺柴都快忘記他了，那個伊韓亞．貝松里！

「我命令你住手！」

他居然衝上前，抱住男人的手臂！

旺柴被這腦子進水的舉動嚇呆了，怎麼會有一個ＮＰＣ為了阻止玩家進攻，用肉身去抱住玩家呢？

男人也有點嚇到，他看著伊韓亞出格的舉動，不知道在盤算什麼，但就在這一瞬間，大廳內的紫色火焰都消失了。紫色火焰消失就反映了吸血鬼王的心情，男人從伊韓亞蒼白的臉龐、看到吸血鬼王身上……

吸血鬼王突然跳起來，一陣風壓掃向男人和伊韓亞。男人推開伊韓亞，伊韓亞狼狽地撲在地上。吸血鬼王在空中踢向男人，但被男人用護腕擋下，兩人過招好幾回合，吸血鬼王一爪讓男人的胸口噴出鮮血，男人的短刀也損壞到不能再用。

旺柴沒有補生命值的紅水了，增幅藥水也已經用完，但這時，男人當機立斷丟下短刀，拿出背後的狙擊步槍。

不是說長距離武器無效嗎？旺柴不解，但男人瞄準的目標從離他最近的吸血鬼王，移到了吸血鬼王後方的伊韓亞身上。

吸血鬼王察覺到男人的意圖，詫異地轉身。

砰——

旺柴看到自己的任務信上出現「打倒吸血鬼王（1／1）」。

很奇怪，他發現自己高興不起來。

吸血鬼王擋在伊韓亞面前，他的脖子被子彈打中，少了一大塊肉。從脖子噴出的鮮血染紅了皮草大衣，他像在雪地前行，背後拖了一連串的血色腳印。

「主人……」

吸血鬼王的身軀慢慢往前倒，伊韓亞接住了它。

「不……這不是真的……」伊韓亞將抱著吸血鬼王，他的眼眶被淚水浸濕，心彷彿也被開了一個洞，「不……不要離開我……不要離開我！」

很奇怪，旺柴覺得那畫面好像似曾相識。

好像，他曾經看過誰在他面前鮮血淋漓，又有誰接住了那個人。

相同的擁抱姿勢，都是抱著的那個人痛聲哭喊，被抱著的那個人在血泊中嚥氣。

──這是怎麼回事？那「畫面」是怎麼回事？

旺柴不懂自己為什麼會有一股既視感，但他能感受到伊韓亞的悲傷。

那是非常沈痛的懊悔，沈重到……必須封印起來。

等等，封印？

他在想什麼？為什麼腦海中會浮現「封印」的字眼？

「還剩多少時間？」男人的聲音打斷了旺柴的思緒。

「十二分二十九秒。」綠水代替旺柴回答。

「你有繩子嗎？」男人問旺柴。

「什麼？」

「你做任務的時候都這麼心不在焉嗎？」男人莞爾。

旺柴啞口無言，臉有點紅。

「你要繩子做什麼？」綠水幫旺柴問。

「不是還剩一項指示嗎？」男人瞥了旺柴手中的信紙一眼，他沒看到信上寫什麼，但他已經知道內容了：「救出伊韓亞．貝松里。哪一個是伊韓亞．貝松里？」

旺柴和綠水同時望向抱著吸血鬼王的青年。

「很好，我們一定來得及。」男人走向伊韓亞，一把拉起伊韓亞的手臂，並回頭對旺柴道：「快點，我們要離開了！」

「誰准你碰我！」伊韓亞甩了男人一巴掌。

男人沒有鬆手，但他吐掉了嘴裡的一口鮮血。

「所以我才說要繩子。」

男人眼裡沒有憐憫，但他也沒對伊韓亞動粗，他抓著伊韓亞的兩條手臂，將人半拖半拉。伊韓亞掙扎得太厲害了，最後男人乾脆用伊韓亞自己的披風將他整個人捆起來，扛在肩上。

「放開我！放我下來！你們要帶我去哪裡？主人！主人！」

伊韓亞不停大叫，但王已經殞落。

黑髮少年的身軀將永遠躺在覲見大廳的地板上。

旺柴和綠水在前面帶路，男人扛著伊韓亞，一行人往馬廄跑去。

「你有騎乘技能嗎？」男人問。

「我現場學。」旺柴拉開馬廄的門，但是他看到裡面關的不是馬，是長得像馬的四腳獸，

「呃……牠們好像不是很友善……」

牠們全身都有鱗片，有的還會噴火！

「放我下來！」伊韓亞在男人背後怒吼。

「來不及了，我們用跑的。」馴服騎獸需要花時間，男人果斷放棄。

旺柴記得通過城牆的通道，他在前面帶路。男人扛著一路上不停吼叫的伊韓亞還能健步如飛，旺柴只能推斷是他身體素質好，可能角色等級比較高。

一行人通過城牆，打開通道的鐵門時，外面吹起了暴風雪。

「三分五十九秒。」綠水提醒。

在暴風雪中，他們不得不放慢速度。

「我們要……到哪裡？任務信上沒有寫要把伊韓亞送到哪裡！」旺柴大聲問，不然他怕走在後面的男人沒聽到。

「你來的時候沒有發現嗎？」男人也大聲回答，還有點喘。

「發現什麼？」

「那裡！」男人指著前方。

「兩分五十九秒。」綠水道。

「那裡有魔法屏障將城堡與森林隔開，一邊是草地一邊是雪地，我推測就是那裡。」

「我……我們是有經過……但我不知道……」旺柴沒發現那裡就是關鍵，他還以為要把伊韓亞送回猩紅之地，那趟路光是爬山就要一個多小時了，就算男人用跑的也來不及。

「就快點到了，加把勁！」男人口中呼出白煙，他的體力正在大幅下降。

「你為什麼要……幫我……？」

旺柴關掉角色的資訊欄，不然他看到對方的生命值正在減少，對自己的心臟不好。

「成功就近在眼前的時候，不要問為什麼。」

旺柴點點頭，不說話了。

魔法屏障變得像蜂巢狀，發出紫色的光。

綠水開始讀秒，男人抓起旺柴的手腕。

「十、九、八、七……」

他們一起通過魔法屏障，屏障產生震波，硬生生削掉一大段生命值，震波也讓他們統統倒在草地上。

率先爬起來的是那個男人，他對旺柴伸出手，旺柴抓住了。

任務信從旺柴的口袋裡飄出來，變回漂浮在空中的透明螢幕，上面的「救出伊韓亞・貝松里（0／1）」變成了：「救出伊韓亞・貝松里（1／1）」。

「恭喜！」公會的爆乳女NPC送來視訊，並對旺柴狂灑小花，「恭喜你完成任務，你向公會申請的武器已經列入你的名下，任務獎金已經匯進你的戶頭了。噢，對了，我們為完成任務的冒險者舉辦了盛～大～的宴會，請一定要在日落之前回到星河市喔！埃維爾聯合公會關心您——」

女NPC還沒講完，綠水就切斷視訊。

「我一直都覺得她很煩。」綠水解釋，「我討厭娃娃音。」

「哈哈……」旺柴對綠水的喜好不予置評。

「這到底是怎麼回事？你們到底是誰？」

聽到那一聲怒吼，旺柴才想起伊韓亞。

伊韓亞被丟在草地上，他自己將捆住他的披風解開了，但那一身紅袍和髮型都像經歷了大風吹，凌亂不堪。

「你們要帶我去哪裡？」

旺柴看了男人一眼，男人聳肩。

「任務已經完成，由你來決定要怎麼處置他。」男人拿出狙擊步槍，「他只是個NPC，我可以殺了他。」

「不！」旺柴舉起手阻擋，「讓他走吧，我們已經完成任務，就像你說的……沒必要多殺一個人。」

「好。」男人收起狙擊步槍。

「伊韓亞，你自由了。」旺柴走向伊韓亞，「你可以去你想去的地方——」

旺柴話沒說完，伊韓亞就拉起長袍，轉身跑回雪地。

暴風雪在他們通過魔法屏障後就停了，天氣一下變得晴朗。即便如此，積雪仍深及小腿，伊韓亞艱難地在雪地裡行走。

他背後的紅色披風冉冉飄起，那無數隻手臂在披風上掙扎的模樣，彷彿是抓著他、阻止他前進的枷鎖，他身上由寶石編織的護甲在風雪中全都變成累贅。他就像一個掉進水中的人，穿著一身脫不掉的華服，最後被自己的重量溺死。

他踉蹌跌倒。

旺柴看著那一抹紅色背影，看著伊韓亞跌倒了又爬起來，心裡實在不明白。

伊韓亞也不明白這一切，但他朝自己被凍紅的手指呼氣，然後繼續走。

旺柴回過頭來，看到男人正在等他。

「對了，我還沒問你的名字。」旺柴道，「我叫旺柴，這是綠水，我的輔助型ＮＰＣ。」

「我叫夜鷹。」男人伸出手來，和旺柴握手。

雖然是一個簡單的動作，但旺柴已經好久沒跟別的玩家握手了，因此連這個動作都讓他感到新奇。

「恭喜你，拿到新武器了。」夜鷹微笑地說。

「多虧你幫忙……」旺柴有點不好意思。

「但我會建議你把武器融成裝備進化石或賣掉買新的，因為公會武器的數值很單一，不太有附加的攻擊效果，如果你沒有搭配技能書，很難有效發揮。加上你簽了對賭協議，你會擔心任務失敗所導致的負債，所以不敢申請太高單價的物品，這就導致了你的這把天使十字弓其實CP值並不高。」

「喔，是這樣啊……」旺柴沒想那麼多。

「拿來打小怪OK，但要吃王就有點勉強了。」

「你好了解啊！」

「哈哈……」面對旺柴欽羨的眼神，夜鷹不免尷尬，「因為我……也在遊戲裡待一陣子了，總會知道的。」

「我也玩很久了，但我沒你那麼厲害。」旺柴現在只想從夜鷹身上多撈一點攻略，「剛才那一戰，你打得太漂亮了！你是怎麼做到的？」

「呃……」夜鷹有點不知道該怎麼解釋，因為旺柴在他面前就像個天真無邪的孩子，一雙眼睛閃閃發亮。那與他設想的不同，於是他道：「我解過狼人任務。」

「那是什麼？」

「我在前往吸血鬼王的城堡之前，去了附近的村莊，那裡有五分之一的小孩染上怪病，他們會在月圓之夜長出狼的耳朵和尾巴，大人非常害怕，但我覺得滿可愛的。」

夜鷹笑起來的樣子也很可愛。

「村子附近有一座修道院，裡面關了一隻狼人。我放出狼人，小孩身上的詛咒就解除了。我用狼人流下的血做了一顆子彈，只有那顆子彈才能打倒吸血鬼王，所以也表示，我只有一次機會，我必須確保那顆子彈一定要送進他體內。」夜鷹打開角色資訊欄，「我們要不要回到主城再聊？」

「好啊。」

旺柴沒聽過狼人任務，但這個遊戲的世界觀龐大，任務分支複雜，有他沒聽過的也很正常。

夜鷹送來了好友申請，旺柴馬上按接受。

「那我們就城裡見了。」夜鷹啟動傳送光圈。

「拜～」旺柴對夜鷹揮手。

揮完才想起自己也應該要啟動光圈，但是他心裡太感動、太激動了！

「綠水，我交到朋友了！」

「哼。」輔助型ＮＰＣ發出招牌鼻音。

「他比我高、比我壯，你看到他拿槍的姿勢沒有？他好聰明！我以前遇到的玩家都不想跟我聊天，一副很跩的樣子，不知道在跩什麼，不然就只會講垃圾話，我還不如跟你聊……但是夜鷹不一樣！綠水，他好不一樣！」

「還不都是玩家？」綠水看不出哪裡不一樣。

「如果我以後都跟他組隊……那我解任務不就穩賺了嗎？」

「所以你只是想利用人家。」

「哪是利用，說得那麼難聽！我這是跟前輩請教！」

「他玩遊戲的時間不一定會比你久，誰是前輩還不知道呢。」

「反正……反正他已經加我好友了。」

「好了，快回去吧，辛苦你了。」綠水摸摸旺柴的頭，替旺柴啟動傳送光圈。

兩人一起踏入光圈，傳向遠方。

※

伊韓亞回到城堡，他踉踉蹌蹌地走著，卻沒有碰到半個人。

「阿格沙！南瓜！你們在哪裡？」

「給我出來！」

「阿格沙，不要以為我不知道，你從以前就很會打小報告！你有控制時間的能力，你可以讓過去的時空具象化，你怎麼不用同樣的能力證明我沒有殺瑪摩塔？」

「阿格沙！」

任憑伊韓亞喊到喉嚨都乾了，城堡裡還是只有他自己的回音。

他跑到覲見大廳，那裡空無一人。

他聞不到血腥味，不知道那群由魔法控制的衛兵在哪裡。吸血鬼王的屍體不見了，地板上沒有血跡，他甚至找不到那個男人發射第一顆子彈時打到地上的彈孔。

一切都像新的。

「這到底是……」伊韓亞怔怔地跪坐在地上，「主人……你們在哪裡……」

就在這時，地板、牆壁、樑柱，整棟建築物出現綠色的金屬線條，牆壁開始解構，地板變得漆黑，伊韓亞的手上有許多數據符號在跑動。

伊韓亞看著自己的雙手，看到自己的身邊充滿了過往的回憶畫面。

畫面從最近的時間開始，一直往後退。他看到南瓜在清理地板上的鮮血，用推車搬運少年的屍體，他看到雷文甩手離開，自己跟瑪摩塔在陽台上爭吵，他看到自己在圖書室向吸血鬼王解釋為何晚睡的時候，阿格沙就躲在書架後面偷看。

畫面像書本翻頁，時間線一直往後退，伊韓亞試著伸出手，停住了某一段。

伊韓亞動動手指，發現這些飄浮在空中的畫面、數據、符號，甚至是城堡的建築結構，那些宛如畫在平面藍圖上的線條，都可以用他的手指來操控。

他放大其中一個畫面，那是小時候的他，躺在吸血鬼王的床上。

那時候的他還好小，還不到十歲。他喜歡主人身上的味道，那聞起來像玫瑰、紫丁香，還有一點甜甜的，好像冰淇淋。

主人的床又大又軟，永遠比他們幾個兄弟的單人床舒服。主人的寢室是視野最好的，從陽台可以看到星星，上面還擺了躺椅。所以，他喜歡被主人叫去寢室的時間，他希望自己能獨占這些時間。

「主人，您說要記住父母給的名字，那您有名字嗎？」畫面裡的小男孩問。

吸血鬼王趴在小男孩身邊，他的漆黑長髮垂下來，就像夜晚的天空。

他把髮絲撥到耳後，「嗯，我有。」

「您叫什麼名字？」小男孩問。

「萬尼夏。」吸血鬼王口氣溫柔地回答：「我的名字叫萬尼夏。」

伊韓亞記住了。

# 第五章

# 大姊姊的胸部和總督貓、吃吃喝喝和蛋糕

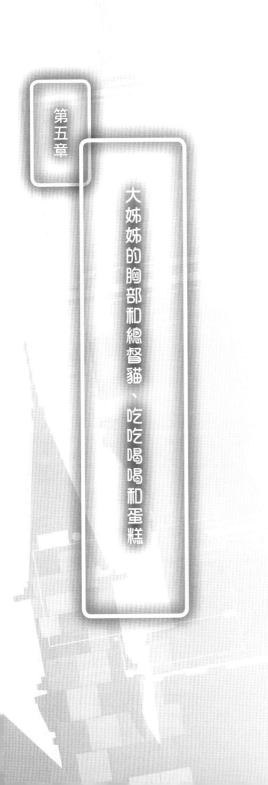

旺柴和綠水傳送回星河市，發現市區的街道上已經掛起了彩帶，空中飄落電子花瓣，為晚霞增添色彩，卻不會落到地上變成垃圾。

兩人的傳送點設在住處的樓下。他們住的是一棟兩層樓平房，一樓是ＮＰＣ房東太太住的，二樓有兩個房間、一個客廳。兩個房間分別是旺柴和綠水一人一間，雖然旺柴不懂綠水作為一個ＮＰＣ，他到底需不需要睡覺，但綠水把房間都掛滿綾羅綢緞、錦繡珠寶，旺柴已經不止一次覺得綠水只要每天欣賞珠寶就會飽了。

「綠水，你先回去好了。」

旺柴回到家門前，卻沒有走上樓。

綠水有些疑惑，「怎麼了？」

「我……想去街上逛逛。」

「我陪你去。」

「不用了啦！」

「你不用跟我客氣。」

「我想一個人走走。」

綠水不常聽到旺柴說想要「一個人」，所以他有點懷疑旺柴的意圖。

「你先回去，這是玩家的指令。」

不讓綠水有機會囉哩叭唆，旺柴解除輔助型ＮＰＣ的跟隨模式，綠水就只能在旺柴登記的租屋處待機留守。

旺柴擺脫了綠水，開心地跑到街上。

街上的行人慢慢變多，旺柴打開好友的聯絡視窗，想問他唯一的朋友在哪裡，但他沒走多久就在公會總部的前門看到一個高大挺拔的男子，被童顏巨乳的ＮＰＣ姊姊包圍。

夜鷹還沒換下戰鬥裝備，他穿著黑色的皮衣長外套，背上掛著狙擊步槍，但頭上沒有戴著兜帽，臉也沒有圍上面罩，那讓他成熟的面孔在街上顯得特別突出。

那些ＮＰＣ姊姊都是公會的員工，可能都已經聽聞到夜鷹完成副本任務的消息，都跑出來恭喜。而那些路過，對他投以好奇眼光的玩家，差不多都是旺柴的年紀，旺柴很少在這個遊戲裡看到大人玩家。

夜鷹站在牆邊，像個恬靜的紳士，點頭微笑卻不多言。他的雙手交叉抱胸，沒有要對ＮＰＣ姊姊出手的意思。

旺柴本來想大聲打招呼，卻臨陣退縮了，因為他覺得那樣的夜鷹好像與自己是另一個世界的人，他不知道要怎麼走過去。

夜鷹看到不遠處的旺柴，就像看到一個他等了很久的朋友，他的臉上馬上出現笑容，朝旺柴走過去。曾經圍繞他的鶯鶯燕燕都成了過往雲煙。

「我不知道你的傳送記錄點在哪裡，就來這裡等你了。」夜鷹道。

公會總部的地址就在大馬路上，交通往來方便，很多玩家完成任務後會先過來一趟。

「這裡平常就這麼熱鬧嗎？」夜鷹問，兩人隨意漫步街上。

「今天剛好有慶典，你不知道嗎？」

「我看得出來，但我不知道他們要慶祝什麼。」

「什麼都可以。」旺柴聳肩，「通常四到五天就會有一次慶典，街上就會有玩的、吃的或一些小任務，會送沒用的道具。」

旺柴抓到機會能跟夜鷹介紹了。夜鷹可能剛來這個遊戲沒多久，不太清楚城鎮的規則，因為他看得出來，夜鷹對街上的熱鬧感到一絲不習慣。

大馬路上有花車遊行，電子花瓣從美女ＮＰＣ手中一把一把地拋出，夜鷹像看到了什麼奇特的景觀，他伸手去接那些落到自己面前的花瓣，卻發現那些全都是抓不到的幻影，他深深吸了一口氣，聞到花香。

「一模一樣……」夜鷹喃喃自語。

他發現站在自己身邊的旺柴正在偷笑。

「有什麼好笑的？」夜鷹問。

「你沒參加過慶典嗎？」旺柴偷偷覺得夜鷹好像鄉巴佬，虧他之前還表現得那麼有智慧。

「我沒想到那是真的花香，因為聞起來就『真的』一模一樣。」

「那就『真的』啊。」旺柴覺得夜鷹說話好奇怪。

「這裡怎麼會有這麼多人？這該有多少人啊……」夜鷹望著街上的人群，臉上露出恍惚的表情。

旺柴不懂夜鷹為什麼會露出那種表情，只不過是個花車遊行而已。

「喔喔喔！他們在那裡！」花車上的主持人姊姊配戴著耳掛式麥克風，炫目的燈光朝夜鷹和旺柴照過來。

「成功挑戰了吸血鬼王的玩家！他們救了被魔物荼毒的小鎮，拯救了被囚禁的青年！」女ＮＰＣ踩著會飛的圓盤，來到兩人身邊。

已經經歷過整段故事線的旺柴聽到主持人ＮＰＣ的介紹，心裡有些不是滋味，這些沒去過猩紅之地的人是不知道那邊發生了什麼事嗎？但他不想破壞熱鬧的氣氛，因此沒在這時點出來。

「請上來，跟我們一起遊行，我們會送兩位到市政廣場，在那邊接受總督的頒獎！」

「呃，我就不用了……」夜鷹的第一個反應是先拒絕。

「上來嘛！」

「一定會很好玩的♥」

女ＮＰＣ轉而拉起旺柴的手，旺柴被拉上會飛的圓盤，但踩在腳下的圓盤只有那麼一丁點大而已，於是，旺柴的臉整個栽進了大姊姊的胸部裡，軟綿綿的。

「……」夜鷹有點愣住。

女ＮＰＣ踩著圓盤飛翔，將旺柴送到一隻大鯨魚背上。

鯨魚拍著鰭在空中漂浮，宛如上古神話中的鯤鵬。

夜鷹眼看旺柴被帶走，只好把一位女ＮＰＣ拉下來，自己踩著圓盤追過去。

夜鷹跳到大鯨魚背上，旺柴正開心地對他招手。

「哇～你知道這是什麼嗎？是星河市的守護獸！我好幾次都看到牠在空中飛來飛去，但我從來沒坐過！」旺柴俯瞰底下的景色，驚訝連連，「啊～那是我住的地方！綠水看得到我嗎？綠水！哈哈，這麼遠應該看不到吧？」

夜鷹臉上沒有笑容，反而是不敢鬆懈的表情，他怕旺柴掉下去。

「嗨～嗨～」旺柴對底下的人揮手。

大鯨魚難得從天空下潛，牠就是那一輛最醒目的花車。牠緩緩漂浮，白色的肚皮離街道很近。

快到市政廣場的時候，有女ＮＰＣ飛過來接他們。旺柴又不小心投入大姊姊的懷抱中，夜鷹不敢在高空中把ＮＰＣ丟下去，只好用半個身子緊貼著的尷尬姿勢和女ＮＰＣ共踩一個圓盤。

一行人降落在舞台上，主持人姊姊興奮大喊：「讓我們歡迎尊貴的總督大人！」

眾人拍手，花瓣齊灑與熱鬧的音樂放送下，一隻趴在軟墊上的貓被抬了出來。

那是一隻三花貓，毛以白色作為底色，身上有橘色和黑色的斑塊。三花貓通常都是母貓，這隻也不例外，牠像個傲嬌的小公主，脖子上戴著小顆的鑽石項圈。

「你們的總督是一隻貓？」夜鷹小聲問旺柴。

「很可愛對不對？」旺柴也在拍手的行列中。

「牠會說話嗎？」

「貓怎麼會說話。」

「那牠要……怎麼統治一座城市？」

「牠會舉起貓手蓋章，超可愛的。」為了示範，旺柴將手掌彎成貓掌的樣子。

「好……」夜鷹笑笑帶過。

「恭喜兩位副本通關，埃維爾聯合公會在這邊準備了額外的通關獎勵！」

主持人姊姊說完，三花貓身後的男隨從捧著猩紅色軟墊走上前，軟墊上放著一個小錦盒。

小錦盒是關著的，沒有人能看到裡面裝了什麼。

「我不知道有額外的通關獎勵。」旺柴心裡有些竊喜，這次真的賺到了！

「我也不知道……」夜鷹小聲回答。

「奇怪，怎麼只有一份？」

「因為你們打倒了惡名昭彰的吸血鬼王，這是為勝利者而準備的！」主持人姊姊微笑著解釋：「通常我們在野外刷怪的時候，不是會掉寶嗎？但副本的怪是不會掉寶的，所以，埃維爾聯合公會在綜合評估下，決定給冒險者加碼獎勵～」

「那，這個應該給你。」旺柴主動讓賢。

夜鷹正要說些什麼，旺柴就一手拿起小錦盒，一手拉起夜鷹插在長外套口袋裡的手，將小錦盒交到夜鷹手上。

夜鷹的手掌好大，旺柴這才發現，那雙手真的是大人的手，一點都不纖細。

「吸血鬼王是你打倒的，你最有資格拿獎勵。」旺柴道。

夜鷹點頭，將小錦盒收進口袋裡。

「謝謝你。」

聽到旺柴笑著說謝謝，夜鷹怔了一下。周圍那些吵鬧的掌聲和音樂他都可以無視，但少年的笑容和那一聲謝謝，觸動了他的情緒，他沒辦法很爽快地說「不客氣」或其他看似隨意的答覆，因為他知道少年是真心的，周圍的慶賀聲和花香也是真的。

這一切都不在他的預期中。

頒獎完了，旺柴帶夜鷹去逛慶典大街。

旺柴走在前面，因為他自認比夜鷹了解這個城市太多太多了。

「遊戲裡一共有三座大城市，星河市、銀河市和綠洲之城。我去過其他兩座，但我還是覺得住在星河市最好，這裡房租便宜、最熱鬧，而且是最漂亮的。」

旺柴拿著一串燒烤，邊走邊吃，邊吃邊道。

「銀河市都是高樓大廈，算是走未來風吧，綠洲之城是沙漠異國風，只有星河市介於兩者中間，這裡有高房子，也有矮的，所以天空不會被擋到，又可以有現代感。對了，你登記在哪個城鎮？」

「『這裡』。」夜鷹回答。

「所以你也住在星河市？」

「我最近才來的，我之前都待在野外……所以，我沒有參加過慶典。」

待在野外？旺柴沒想到會有人這樣玩，因為那不是很辛苦嗎？

但這個遊戲的自由度很高，或許就是有人喜歡玩野外求生。

換個角度想，那也省去了房租，不然大城市裡到處都要收費，不積極做任務籌錢不行，加上他還有綠水要養……

「你有輔助型ＮＰＣ嗎？就像那個跟著我的綠水。」旺柴很好奇，因為他也沒看過別的玩家有。

果不其然，夜鷹搖頭，「對了，怎麼沒看見他？」

「我叫他先回去了。」

「他沒有生氣嗎？」

「不然他看到街上一堆好東西，又會叫我買了，我每次都被他推坑耶！」

夜鷹莞爾，「不是你腦波弱嗎？」

「他每次都說賺錢不花要幹嘛？那些錢會自己進化成稀有道具嗎？當然是要拿去商店買，稀有道具才會來到我的名下啊！」

夜鷹笑著搖頭，突然，他就像看到稀有道具似的雙眼發直。

旺柴順著夜鷹的視線方向看過去，「怎麼了嗎？」

夜鷹跑向一個攤位，長桌上滿滿都是蛋糕。

兩人來到美食區，這裡的每一個攤位、每一盤菜都有標價，有的價格高、有的價格低，如果要吃飽，是幾枚銅板就解決的事，如果要吃好，例如那些能加數值、口感特殊的料理，也能花錢一償夙願，全看玩家的選擇。

慶典有美食區是很正常的，旺柴參加過好幾次了，他本來就打算在慶典上解決晚餐，但沒想到夜鷹看到這一區，整個人都眼睛瞪大，彷彿眼珠都要掉出來了。

想想也是，可憐的夜鷹，他以前都住在野外，大概沒享受過花（大）錢的感覺。

「你盡量吃，今天我請客！」旺柴用力一拍夜鷹的背。

沒想到痛的是他的手。

夜鷹是在長外套底下穿了鎧甲嗎？

「呵呵……」旺柴不敢喊疼，只能乾笑。

夜鷹沒注意到旺柴說什麼，他脫下半指手套，徒手抓起一塊檸檬蛋糕。

蛋糕上面淋有乳白色的糖霜，糖霜上灑滿青綠色的檸檬皮，光是看著，就讓人覺得口水都要流下來了。

夜鷹將蛋糕塞入口中，他嚐到糖霜的甜和檸檬特有的新鮮酸味，蛋糕本體有柳橙的味道，裡面有柑橘果乾，搭配上檸檬糖霜的酸甜，使他露出驚艷的神情，隨即狼吞虎嚥地吃下一大塊。

「我的天啊……這是……！蛋糕！是蛋糕啊！」夜鷹像吃到了什麼稀世珍寶。

「我知道是蛋糕……」旺柴有點無言，因為他完全不懂驚訝的點在哪裡。

「這些……全部都可以吃嗎？」

「可以啊。」旺柴瞄了一眼攤位上的標價，都不貴，而且他都說要請人家了。

「這些……天啊！」夜鷹抓起一塊草莓蛋糕，當他吃到鮮奶油上面的草莓時，他整個人興奮到臉都紅了，「這真的是……噢，天啊……太好吃了！」

「你很喜歡吃蛋糕嗎？」

「蛋糕是一種精緻食物，做起來很費工，所以……」夜鷹拚命想克制住自己的表情，但是太難了，他舔著自己的手指，連一點碎屑也不想放過。

他竟然哭了！

旺柴完全看傻了眼，像夜鷹這麼有智慧、長得又英俊的男人，居然因為吃蛋糕而哭了！淚水從夜鷹的眼眶湧出，夜鷹深吸了一口氣，將自己的眼淚擦掉。他看著滿桌的蛋糕和一整區的美食攤位，自己的嘴裡還有蛋糕的酸甜口感，他都快要忘記那是什麼感覺了。

他摸了摸自己的嘴唇，可以感受到唾液正因為食慾而分泌，他拿起一塊綠色的馬卡龍，吃進嘴裡，是開心果口味的，甜而不膩。

紫色的是藍莓口味，褐色是奶茶口味，深綠色是抹茶。

他吃了一口又一口，但這次吃得比較小口了，這樣他才可以多品嚐到不同口味。

好吧，旺柴就當作這個人特別喜歡吃蛋糕好了，他看到夜鷹吃得開心，他也開心，他接過攤位老闆遞給他的盤子和叉子，也夾了一塊檸檬蛋糕。他覺得吃起來跟平常一樣。

月亮升起，遊行的花車已經收了，市政廣場上供應美食和飲料的攤位會一直持續到半夜，整座城市的人彷彿因為酒足飯飽而變得慵懶。旺柴和夜鷹已經離開了，兩人往人少的方向走。

這一餐沒有讓旺柴花太多錢，因為夜鷹不讓他請客，夜鷹把兩人的帳單都付了。

星河市是一條有運河穿過的城市，兩人沿著河堤散步。橙色的街燈點亮了浪漫的氣氛，平常已經走過數千次的路，卻因為身旁的人不同，旺柴的感受也不同了。

旺柴記得有一次運河被水系妖怪入侵，公會發布緊急徵召令，要冒險者們潛入地下水路，他因為不會游泳，一度不想參加，但綠水找到了能在水下呼吸的魔法。任務結束後，他取得了游泳技能。

「你在想什麼？」夜鷹突然問，「看你笑得那麼開心。」

「我想到以前玩過的一個任務，我跟綠水一起潛入下水道，我們看到黑影就攻擊，殺得很過癮。對了，那個盒子裝什麼？」

夜鷹從口袋裡拿出獎勵的小錦盒，打開，裡面是一枚深紅色的寶石戒指，物品資訊欄上寫著：『**集合多名人類鮮血濃縮而成的紅色寶石，有吸附詛咒、養顏美容的效果。**』

夜鷹拿出戒指，在路燈的光線下，那暗紅色的寶石裡彷彿有熔岩在流動，奇異瑰麗，但他沒有凝視那顆寶石太久，就伸長了手臂，將戒指遞到旺柴面前。

「送給你。」

「咦？」旺柴有些不知所措。

一個男人拿著一枚戒指要給他，這可不是每天都會看到的景象。

「我……以後可能不會用到，所以……留在我這裡沒用。應該要給會用它的人，才能發揮物品的最大價值。」夜鷹這麼解釋。

「為什麼你以後不會用到？」

旺柴不禁想，難道夜鷹有更好的裝備？他想起夜鷹之前嫌棄過公會給的武器，可能這枚戒指對他來說，數值還不夠好。

「因為……」夜鷹欲言又止。

旺柴覺得這一點都不像他，但光是今天一個晚上，他就已經見識到了不同面貌的夜鷹，所以他也搞不清楚真正的夜鷹到底是什麼樣子。

「因為……我是來找你的，我不需要蒐集強大的武器或道具，那對我來說沒有任何意義。」

「什麼叫做『你是來找我的』？」旺柴問。

「我進來這個遊戲的目的，是找到你……我需要你！」

聽到夜鷹乞求的語氣，看到夜鷹的眼眸裡充滿了憂傷，這讓旺柴本能地想轉身離開，因為這裡是沒有悲傷和痛苦的「美麗新世界」，夜鷹的眼眸不適合這裡，他不能和這樣的人做朋友，更不該被夜鷹的情緒捲進去。

旺柴不明白，是什麼理由讓夜鷹說出這樣的話？

旺柴對眼前的男人有許多疑問，他沒有順從腦袋裡的禁止信號而離開，而是呆站在原地，但他同時又為自己違背了信號所產生的陌生感覺感到新奇。
就像一個以前都有門禁的小孩，在朋友的慫恿下第一次晚歸。
「我不懂你的意思……為什麼你需要我？」旺柴問。
「你在我的世界很有名。」夜鷹的聲音很輕柔。
「你的世界？」旺柴完全聽不懂，「你是說……其他你在玩的遊戲嗎？」
夜鷹聽到「遊戲」，臉上的神情收斂許多。
「……差不多。」夜鷹道：「除了這裡……還有別的遊戲。」
「可是我沒玩過別的遊戲啊，我怎麼會在一個完全沒玩過的遊戲裡變有名？」
「我也搞不清楚，大概是伺服器相通。」
「是喔……」旺柴覺得自己似懂非懂，好像哪裡聽懂了，但總體來說又不是很懂，「原來這裡跟別的遊戲是可以相通的嗎……要怎麼通過去啊？」
「呃……我不知道要怎麼帶你過去……那必須要靠你自己。」夜鷹說得很沒把握。
「那你是怎麼過來的？」
「我……我用了一點干擾程式。」
「那是什麼？」旺柴摸摸下巴，他的腦袋正在急速運轉，雖然他也不知道裡面到底裝了什麼，有什麼好轉的，但他非常認真地在思考，「是綠水偵測到的『那個』嗎？嗯……我們在猩紅之地的時候，我懷疑有bug，綠水偵測到當地的數據有些微的不穩定，但他無法確定干擾的範圍和影響程度……該不會是你吧？但你是怎麼做到的？」

「呃……我覺得應該不是我……」

「不是你嗎？但你說你是從別的遊戲來的！」

「是沒錯，但是……我覺得我應該沒有……造成任何bug。任務都有順利完成，都有領到獎勵了，不是嗎？」

「你知道任務信一開始是寫錯的嗎？」

「啊？」夜鷹露出不解的表情。

「算了，太複雜了。」旺柴重重呼出一口氣，放棄。

「對不起。」夜鷹一臉自責，「我說的話一定讓你感到很困惑，我不是故意的，我只是……哈哈，我太高興能見到你了！」

夜鷹抿了抿嘴唇，擠出一個微笑。

「……」旺柴卻怔了一下。

夜鷹是一個帥氣的男人，他什麼都好，至今旺柴還沒找出他哪裡不好。他說話溫和有禮，對NPC大姊姊也不會色瞇瞇的，他很有智慧，旺柴喜歡聽他談論要怎麼讓武器刷出優良數值的方法，聽他分析野外有哪些怪、要怎麼打。

但是，當他說「我太高興能見到你」的時候，旺柴卻意識到，他不是真心的。只有這句話，夜鷹在騙他。

旺柴沒有點破，因為他不想讓夜鷹難堪，也不想破壞此刻的氣氛。

「我也很高興認識你。」旺柴如此回答。

「對不起，我好像說了很多奇怪的話，今天讓你看笑話了。」

「不，不會，真的！」

「那……我送你回家？」

「咦？」旺柴又腦袋當機，因為這也是沒有人對他說過的話。

「你不是說你住在星河市？把地址傳給我，我送你回去。」

旺柴把地址輸入好友的對話欄裡，按下傳送，「你也會待在星河市嗎？呃……我的意思是，你今天晚上有地方住嗎？」

「我會找到地方的。」

「現在才要開始找嗎？我知道一些收費便宜的老式旅館……」

「我可以照顧好我自己。」

雖然夜鷹說話的聲音很溫柔，但旺柴總覺得，他骨子裡在拒絕任何人的幫助，讓旺柴有一點點難過的感覺。旺柴覺得自己是可以對他人付出的人，但他付出的善意還沒獲得回報，就被打槍了。

夜鷹將旺柴送到家門口，並道了晚安。

「夜鷹。」

臨走前，旺柴叫住男人。

「我明天還能見到你嗎？」

「當然。」他微笑。

「回來啦？」

旺柴回到家，沒聽到綠水向他打招呼就去洗澡了。

綠水有些疑惑，他飄到浴室門前，又飄回客廳。

旺柴洗完澡就上床睡覺了，他想要早點睡覺、早點起來，因為明天不知道會有什麼任務在等著他。一想到明天可以跟夜鷹一起解新的任務，他就倍感期待。

旺柴的表情，綠水都看在眼裡。

深夜，綠水在客廳，手上有一組數字和心跳圖，數字不停上下加減，但都維持在一定的範圍內。

那是旺柴的血壓和脈搏。

綠水手掌一捏，數字消失。

綠水在確定旺柴已經熟睡後，輕輕推開門，走進旺柴房間。

穿著白色長袍的綠水，手上環繞綠光，來到旺柴床邊，雙手開啟透明螢幕。螢幕裡出現旺柴的記憶畫面，像書本翻頁，綠水就挑著其中幾頁來看。

花車遊行、NPC大姊姊的胸部、總督貓……嗯，都沒什麼特別的。

忽然，從某一個時間點開始，都是男人的臉。

綠水用手指調整畫面的播放速度，聲音調成只有他自己聽得見，他仔細觀察畫面，眉頭慢慢深鎖。

『送給你……』

『我是來尋找你的……』

夜鷹一臉誠摯，雙眸略帶憂傷，背景是在河邊，路燈異常浪漫。

『我覺得應該不是我。』

『那對我來說沒有任何意義。』

『我需要你……』

『我過來找你……』

夜鷹的臉從各個螢幕裡跳出來，幾乎占據了整個房間，綠水驚慌地後退了一步。

——這是以前從來沒有發生過的！

『我從我的世界過來，為的就是找到你！』

『我需要你！』

看到一臉認真的男人，綠水怔住了。

他趕緊察看旺柴的生理反應數值，發現旺柴正在作夢。綠水無法分辨這段記憶是否為真，因為人類的夢是一種非常奇特的能量，它的素材從人一天之中的經驗而來，但又能將經驗扭曲，轉化成情緒與記憶。這份被轉化過的情緒和被詮釋過的記憶將又變成新的素材，繼續刺激人腦，讓人繼續作夢。

就像一個不斷往下走的螺旋階梯，沒有人知道盡頭是哪裡。

ＡＩ是不會作夢的，所以綠水不知道那是什麼感覺。

——作夢的感覺……

綠水無法分辨出哪一段是夢、哪一段是真實的經歷，因為現在的畫面全部都混在一起，但他能確定的是，在運河的橋上，那個叫夜鷹的男人確實對旺柴說了一些話，而且旺柴非常在意那些話。

『**搜尋：狼人任務。**』

綠水在螢幕裡輸入。

等了一會兒，進度條終於跑到盡頭，出來的結果是：No Results.

沒有搜尋到。

「改變時間年表限制，搜尋『全部』的遊戲資料庫。」綠水更改搜尋條件，又輸入了一次。

這次，進度條跑得非常久，但綠水沈著氣，耐心等候。

No Results.

跳出螢幕的搜尋結果，還是找不到。

綠水的臉色沈了下來，他同時打開區間讀秒，發現在搜尋全部資料庫的時候，需要耗費的時間比以前更久了。這不是個好現象。

「更改搜尋關鍵字，把所有跟『狼』有關的條目都找出來。」

螢幕排列出許多跟野狼、郊狼、孤狼、狼皮大衣等等有關的任務、道具明細，綠水嘆了一口氣，一個個點開來看。

「我一定要知道你是誰……」綠水的目光聚焦在螢幕上的男人臉龐，不知不覺，他的眉心緊蹙，「這個世界……絕對不能被破壞，我有職責守護它，和你……」綠水望向在床上熟睡的旺柴，可能連他自己也不知道，但他的眼神變得很溫柔，「小主人……」

綠水在搜尋視窗裡輸入遊戲代號：夜鷹。

還是一樣，No Results.

沒有結果。

本來就應該是「沒有結果」，因為夜鷹本來就是一個不該存在於遊戲裡的人。

那他怎麼會出現呢？

綠水的眉頭鎖得更緊了。

※

男人在暗室裡張開眼睛，取下貼在太陽穴上的連線裝置。

他幾乎還可以感受到那吃進嘴裡的蛋糕，酸酸甜甜的……

他把自己的手指頭放進嘴裡，裡面卻沒有挖出任何東西。

他顫抖的手指慢慢移到前胸，他抓著自己的胸口，壓抑著啜泣。

# 第六章

# 老師說，被抓到就會扣血喔！

旺柴一早就盯著訊息欄，但裡面都是一片空白。

他躺在床上、躺在沙發上、躺在地毯上，把訊息欄打開又關上。

綠水一早就看到自家少年像一隻靜不下來的狗，好像主人沒帶他出去散步，焦躁不已。

「唉……」旺柴第N次嘆氣。

「你到底在幹嘛？」

「為什麼他還沒回我？」

「什麼？」綠水放下茶杯，看來事情不單純。

「我早上就傳訊息給他，可是他一直沒有回我。」

「……」綠水一臉不耐煩，「你在說誰？」

「夜鷹啊！他說他會住在星河市，但他沒告訴我他住哪裡，我起來就傳訊息給他了，但是他一直都沒回！」

「他回不回關你什麼事？」

「我想問他今天要去哪裡！」

「……」綠水很無言，他已經不知道要用什麼表情了。從以前到現在，他從沒看過旺柴對誰這麼熱衷過，「他只是一個普通玩家，跟別人沒有不一樣，你們聊過一陣子之後他就會莫名消失了，但你還有我。」

綠水飄到旺柴身邊，摸摸旺柴的頭。

旺柴趴在沙發上，提不起勁，「我想跟他出去。」

綠水的手停在半空中，彷彿察覺到了什麼，「去哪裡？」

「去哪裡都好，在城裡逛逛也好……」

「那我們去公會接任務、解任務……像平常一樣，不是很好嗎？」

「我想跟他一起去。」旺柴上下晃動小腿，看訊息欄沒回覆，他就瀏覽起線上商店。雖然都買不起，但是可以打發時間。

「你怎麼知道他會來找你？」

綠水不管怎麼飄，旺柴都沒理會他，今天也沒嫌棄他穿得太閃亮。

「他昨天答應過了，今天還可以再見面。」

「他隨便說說你就相信嗎？」

「你為什麼一副很討厭他的樣子？」

「我沒有討厭他。」

「那你管那麼多幹嘛？你是我媽嗎？」

「……」綠水怔了一下，緩緩從空中落到地板上。

「呃……綠水……」

「我只是不想看到你心神不寧的樣子。」

「我沒有心神不寧啦！」旺柴趕緊否認，「我沒有一直在想他！只是，一般人傳了訊息都會回的吧？他又不是跟我一樣的屁孩，他做事都像很有理由的樣子……呃，我也不知道我在說什麼，反正……我覺得他不像那樣的人……」

「但你並不了解他。」

「我要怎麼了解他？我們才相處那麼一下下！」

「沒有人可以了解任何人，除了我跟你。」綠水飄到沙發旁邊，和旺柴趴在一起，他的身體懸空，下頷靠在自己交疊的手臂上，「我一直都是這麼告訴你的，對吧？」

叮咚。

突然，門鈴響了。

ＮＰＣ房東太太咚咚咚地跑上樓梯，敲響了旺柴家的門。

「旺柴先生，你有客人！」房東太太用尖細的嗓音喊道。

旺柴立刻從沙發上跳起來，跑到窗戶前面探頭出去看，然後興沖沖地跑下樓。

夜鷹站在一樓門外，旺柴看到他手上拿著一個透明的小盒子，裡面裝著水果。

「對不起，我來晚了。」夜鷹向旺柴遞出那個盒子，「我早上太晚起來了，又忙著找東西吃，沒注意到你傳的訊息。」

「沒關係。」旺柴收下盒子，裡面有切好的水蜜桃和藍莓，各占一半，「都是我喜歡吃的，你怎麼知道我喜歡？」

「猜的。」夜鷹微笑地道。

旺柴搖頭，不相信。

夜鷹只好解釋：「昨天我們在美食廣場的時候，我看到你夾了檸檬、水蜜桃、藍莓、橘子口味的蛋糕，你把上面的水果和糖霜挑起來吃掉後，底下的蛋糕就不吃了。你喝了一杯蔓越梅、藍莓、草莓的果昔。你看到攤位上有人在賣大顆的水蜜桃，你本來想吃，但是你看到標價就退縮了。交叉比對後，我就猜到了水蜜桃和藍莓，所以我就到早市看有沒有人在賣。水蜜桃有，但藍莓已經沒有了，所以我就到城外的樹林裡自己採，那也耽誤了一點時間。」

「哈哈，你還是這麼有趣。」旺柴搞不懂夜鷹的腦袋是怎麼轉的，但藍莓酸酸、水蜜桃甜甜，放到嘴裡好好吃。

綠水緩緩從樓梯上飄下來。

夜鷹看到綠水，便打開物品欄取出存放在裡面的道具，「我也準備了東西要給美人。」

他拿出一束薰衣草，遞給綠水，「這裡什麼都是真的呢，連花香也是。」

「這裡本來就是真的。」綠水收下花束，但他的表情不怎麼友善，「你知道薰衣草算是一種野草嗎？拔幾根野草就想送我，把我當成什麼了？」

「這是我在城外摘的，要說是野草，當然也可以。」夜鷹面不改色，臉上依舊帶著溫和的微笑，「薰衣草有很多種用途，治昆蟲咬傷、燙傷、驅蟲，加在奶茶裡，晚上喝能睡得很好。」

「看到沒有，旺柴，這是一個能言善道的男人！」

「謝謝。」夜鷹頷首。

「我沒有在稱讚你。」綠水聞著薰衣草的香味，花束遮住了他的半張臉。

「我把它當成稱讚，那就是稱讚了。」

「看到沒有，旺柴，這是一個厚臉皮的男人！」

「如果能提高防禦數值，臉皮厚一點也未嘗不是壞事。」

「看到沒有，旺柴，要小心這種只剩一張嘴的男人！」

「哈哈……」旺柴苦笑，他真的不知道綠水的敵意從何而來，「夜鷹，你今天有打算要去哪裡嗎？」

「沒有，我正想問你——」

「我搜尋到一個任務，正適合兩位。」綠水略帶強硬的口吻，打斷了夜鷹的話，「要麻煩兩位到公會總部一趟，這是在布告欄上貼了很久都沒人接的任務。」

「綠水，你講話好奇怪。」旺柴不習慣突然變得有禮貌的綠水。

「哼。」輔助型ＮＰＣ嘴角一勾，他對著夜鷹說話，根本無視旺柴，「兩位有本事接嗎？」

「我不玩對賭協議。」夜鷹維持著風度。

「這個沒有，因為是舊任務，當時還沒開放對賭協議的玩法。」綠水再三保證。

三人來到埃維爾聯合公會總部，夜鷹被站櫃臺的ＮＰＣ姊姊包圍，綠水則帶旺柴去布告欄撕任務單。

任務單上只寫了幾行字：『晨光學園發生怪事，徵求冒險者，速至。』

旺柴將委託單拿給夜鷹看，夜鷹正在擦掉臉上的口紅印。

夜鷹一看就覺得不對勁，「只有寫一個地名，沒有任務指示？」

旺柴也是這麼覺得，「就是啊，這樣誰敢接？」

綠水聳肩，「這是放很久的任務了，公會在清倉，獎勵加倍。」

「會很難嗎？」旺柴問的是副本的難易度。

「你自己進去才知道。」

旺柴望向夜鷹，意徵詢夜鷹的意見。

夜鷹把任務單還給旺柴，「我可以。」

「好，那我們就走吧！」

旺柴和夜鷹分別送出電子簽名，簽名印在委託單上，形成了用鋼筆簽字的模樣。委託單的上的「晨光學園」底下出現一行座標，兩人將座標輸進公會的長途旅行傳送器——這通常是方便玩家在城市與城市之間傳送，但是也提供任務使用。

傳送器設好座標，兩人踏進光圈。光圈啟動時旺柴才發現——

「綠水，你怎麼沒進來？」

「你還把我設在留守狀態。」

「咦——？」

旺柴和夜鷹被傳送走後，綠水對空氣揮了揮手。

「綠水！綠水沒有過來！」傳送光圈的光芒消失後，旺柴急得跳腳。

「我有傳送卷軸，要先回去嗎？」夜鷹打開自己的物品欄。

「那個笨蛋為什麼沒有過來？為什麼是我為他著急，不是他為我著急？」旺柴想起綠水微笑揮手的嘴臉，就覺得這中間有故意的成分，「他怎麼不提醒我我還沒解除狀態？那種事情很簡單的啊！他只要出一張嘴而已啊！」

「呃……」夜鷹苦笑。

「不用浪費你的卷軸了，綠水不過來是他的損失！」

夜鷹不知道一個ＮＰＣ可以損失什麼，但這時候他還是不要火上加油好了。

「哼，我沒有他也可以過得很好！我一定會完成任務，回去笑給他看！」旺柴已經在盤算拿到任務加倍的報酬後，偏偏不買綠水想要的服裝，要讓綠水求他。

但要完成任務，靠他自己一個人是不行的，他只是一個普通到不行的玩家，旺柴非常有自知之明，所以，現在就靠夜鷹了。

出門靠朋友，打怪靠隊友，能結交到一個有頭腦、有肌肉，身高比他高，裝備還帶得比他齊全的隊友，是賺到啊！

旺柴偷偷豎起大拇指，夜鷹則突然感到背脊發毛。

「你手上有任務信嗎？」夜鷹問，因為如果旺柴不想使用傳送卷軸的話，兩人也要開始解任務了，才能早點回去。

旺柴摸摸口袋，摸出一本小筆記本。

小筆記本大約一個手掌大，封面用燙金字體寫著：晨光學園學生手冊。

旺柴翻開手冊，立刻取得裝飾道具「高校制服」。

「高校制服」是自動裝備上去的，旺柴的手指連動都沒動，他就已經換上深藍色西裝外套、白襯衫和灰色西裝褲了。他背後的武器自動隱藏，收在物品欄裡。

夜鷹也是。

夜鷹沒意識到自己穿了什麼，因為他的注意力全都放在自己手上的狙擊步槍。眼前跳出紅色的視窗顯示著「Lockdown」，意即武器的使用暫時被封鎖了，他沒辦法使用。這對夜鷹來說是生死攸關的大事，是絕對不能接受的……

「噗哈哈！」

聽到旺柴的笑聲，夜鷹疑惑地抬起頭來。

「你穿這樣好奇怪啊。」

夜鷹看到穿著高校制服的旺柴，再看看自己……

旺柴被夜鷹不知所措的模樣逗笑了，夜鷹的身材高大，穿著高校制服有種不搭軋的感覺，就像一個大人穿著小孩子的衣服，就算尺寸是合身的，但氣質就是不合。

兩人所在的地方是一處小山坡道，路面鋪得很平整，路上有穿著同樣服裝的ＮＰＣ經過，但他們都揹著書包，手上拿著裝便當的袋子。

夜鷹把武器收回物品欄，有些無奈，「你要笑到什麼時候？」

「抱歉抱歉，但是……噗哈哈……」

「……」

「超不適合你的啦哈哈哈！」

「我也覺得……」夜鷹喃喃自語，轉頭走人。

他跟周圍的ＮＰＣ往同一個方向走，爬上小山坡，看到校門。

「等一下，夜鷹！」旺柴這下真的急了，他趕緊跟上，「你生氣了嗎？對不起嘛，我不是故意的……你怎麼了？你在幹嘛？」

夜鷹撿起路邊的石頭，一部分放口袋，一部分握在手裡，「保持警戒，副本已經開始了。」

「啊？可是這哪裡有危險？」

旺柴自認有一些觀察力，周圍的NPC都是少年少女的年紀，十六到十八歲左右，跟自己差不多，有夜鷹一個二十多歲的成年人在這裡，不管是氣勢還是武力，完全可以碾壓所有人。

而且，這些NPC看起來都很累的樣子，有些人邊走邊聽音樂，聽著他沒聽過的語言，不斷重複單字，有些人魂不守舍，好像壓力很大的樣子，腳步都不怎麼輕鬆。

這就是夜鷹說要警戒的原因嗎？

校園裡面有什麼，而這個「什麼」會吸乾大家的精力？

「危險不會舉一個牌子，跟你說它要出現了才出現。」夜鷹把一塊有尖銳邊緣的石頭交給旺柴，「系統會把我們的武器鎖住，表示現階段不需要使用武器戰鬥。現階段不需要使用武器，表示這條路不會突然跳出怪讓你殺，一個副本裡面沒有怪，合理嗎？當然不合理，所以這個副本的怪可能是在達成某種條件之後才會出現，我們要找出那個條件是什麼。」

「我就知道你厲害。」旺柴暫且收下石頭。

兩人越靠近校門，夜鷹的臉色越發陰沈。

校門旁邊的牆上掛著燙金招牌：晨光學園，校門口有老師在檢查服裝儀容。

夜鷹停住了腳步。

「夜鷹？怎麼了？你又觀察到什麼了？」旺柴問。

「我必須跟你說實話……」

「好……」旺柴吞吞口水，有點緊張。

千萬別說他不行了啊！如果連夜鷹都想退出副本，那空手回去的他們一定會被綠水笑死。

「我八年前穿過同樣的制服。」夜鷹手上握著石頭，「我不知道這是怎麼做到的，但這個遊戲可能有讀取我記憶的功能，如果它真的能讀取我的記憶，那再多讀取一兩個人的想必也不是什麼難事。」

旺柴聽不太懂。

「你讀過晨光學園？」

「不，我讀的叫市立遠山高中，那是市區裡最好的學校。」他曾經是學校裡最優秀的學生之一，不過那都是八年前的事了。

制服的外觀一樣，但校門和建築物都不一樣，這稍微讓夜鷹鬆了一口氣。他通過校門時，守在校門口的老師也不是他見過的面孔。

「那邊那位同學！」一個有鮪魚肚的男老師突然叫住走在夜鷹後面的旺柴，「你的領帶沒打好，跟我過來登記。」

「咦？等等，為什麼我開始扣生命值了？夜鷹！我開始扣血了！」

「……」

「夜鷹！」

旺柴欲哭無淚，他自己手賤，覺得這套服裝很稀奇就把領帶拆下來把玩，他沒想到這會違規啊！

夜鷹第一次有了要不要去救人的猶豫。

登記完姓名後，旺柴就被鮪魚肚老師要求把領帶打好，打好才能放人。

「呃……我不會……」旺柴投來求救的目光。

夜鷹嘆了一口氣，走過去幫旺柴把領帶打好，順便對在一旁監視的鮪魚肚老師道：「老師不好意思，他是我班上的同學，我們班今天早上有小考，可以讓我們趕快去看書了嗎？」

「好，你們快去吧。」

「謝謝老師。」

「嗯。」鮪魚肚老師點點頭，回到校門口站崗了。

夜鷹趁機帶著旺柴走遠。

「你怎麼知道要怎麼跟他互動？」旺柴覺得很不可思議，夜鷹簡直刷新了他的三觀，他以為夜鷹會用手中的石頭給ＮＰＣ「多來幾下」，沒想到夜鷹三言兩語就把人打發了。

「猜的。」夜鷹還是如此回答。

夜鷹沒有帶旺柴走進一樓川堂，而是繞著建築物外圍，走到一個沒有人的角落。

「學生手冊上有新線索嗎？」夜鷹問。

旺柴從口袋拿出學生手冊，翻開，裡面出現了用鉛筆畫的簡陋地圖，但地圖並不完善，只有校門和校門後面的大樓。

「看來是我們走到哪裡，地圖才會顯示到哪裡。」夜鷹道。

「所以我們要把校園繞一遍嗎？」旺柴邊翻邊問。

「目前也沒有其他辦法了。」

「等等，這上面有字！但都是糊的，看不清楚……」

夜鷹拿起學生手冊，快速翻過，第一頁就是地圖，後面有許多空白頁。學生手冊上沒有寫姓名、班級，也沒有照片，而旺柴說的「字」正在浮現。那一行行字像是用紅色墨水筆寫的，都糊開了，看不清楚，甚至很詭異。

夜鷹抬頭看，樓上就是教室，可以聽到學生在聊天的聲音。

「如果地圖要我們經過才會顯現，那任務指示也可能是我們聽到有人談論後，才會記錄下來。」夜鷹把學生手冊丟還給旺柴，「我們上去看看。」

今天也是一個平凡的星期三，班上最熱門的話題是班長和二年級的校草一起來上學了。他們一個長得漂亮，媽媽是大醫院的醫生，段考拿了全班第一名；一個長得帥，爸爸是大公司老闆，段考也拿了全班第一名，真的可說是郎才女貌。

班長是個很特別的女生，大部分的女生都留長髮，她卻剪了一頭短髮，而且是會露出耳朵和後頸的那種短。曾經有謠言說她是T，但自從她跟校草一起上學後，謠言不攻自破，甚至有學妹開始模仿她的髮型。

坐在窗邊的湯妍一手撐著臉頰，書裡的一個字都沒看進去。今天難得早自習的時候沒有小考，班長帶頭聊天，正在跟自己座位附近的女生討論唇蜜的顏色。

有時候，湯妍會希望這平凡的日常有不尋常的事情降臨。例如像……校草突然來敲門拜訪，說她在樓梯上掉了什麼，特地拿來還給她，但這種相遇的情節只會發生在偶像劇裡吧？不，現在相遇的情節已經不流行了，男女主角都是在開場的時候就已經認識，或是男生早已暗戀女生多時。

唉，現在連小說主角都占盡天時地利人和，一開始就有男主喜歡，那還發展什麼？結局兩個人一定會在一起啊！不然就是分開一陣子、出國一陣子，在體會了人生的酸甜苦辣後，又回過頭來決定在一起，因為大家都喜歡 happy ending.

「奇怪？」

突然，湯妍揉揉眼睛，她以為自己看錯了，但走廊上出現一個奇怪的人。

那個人是憑空出現的。

他不是走過來或像輕小說美少女那般從天而降，他就是突然出現，一點跡象都沒有。

那是一個二十多歲的年輕男子，穿著華麗的紅袍，臉色蒼白地瞪著……不知道瞪著何方。

湯妍覺得那應該用「詭異」來形容，因為這年頭到底有誰會穿得像在拍中世紀古裝劇？他是穿越來的嗎？

「老師！」

「老師！這邊！」

發現紅袍男的不只湯妍一人，已經有人去叫老師了。

穿運動服的體育老師、剛調過來的英文實習老師、禿頭的訓導主任同時趕到，他們看到教室走廊上的陌生男子，都倍感疑惑。

「先生，先生你是怎麼進來的？」

「請你跟我們走一趟。」

「這位先生！」

體育老師正要對紅袍男伸出手，但他的手還沒碰到男子衣袍上的金色肩甲，男子就猛然回頭，用戴著金屬護甲的手指抓住體育老師。

尖銳的護甲刺進體育老師的皮肉裡，體育老師急著要甩開他。男子最後鬆手了，但體育老師手腕的動脈已經被割開，正流淌著鮮血。

「啊啊啊啊！」

女同學發出尖叫。

鮮血流了好大一灘在地板上，另外兩位老師都怔住了。體育老師自己也被嚇傻，按著手腕跌坐在地。

男子踩過鮮血往前走，他背後的窗戶玻璃開始爆裂。

砰！砰！砰！砰！

「啊啊啊啊啊！」

更多的尖叫。

教室裡的人衝出來，走廊上的人急忙逃跑，有人在推擠時不小心跌倒，有人滾下樓梯，寧靜的早自習瞬間變成了暴動場景。

這不是湯妍想要的不尋常。

旺柴和夜鷹聽到尖叫聲，都不約而同地認定那就是他們要趕去的方向。

他們跑上樓梯，同時有很多人衝下來，旺柴差點被撞倒，但夜鷹拉住了他的手。

兩人從二樓走廊看向三樓斜對角的方向，有一位穿著紅袍的男子。

「是伊韓亞！」旺柴大叫。

兩人趕往三樓，一走出樓梯，就看到走廊上那猖狂的氣焰。

伊韓亞穿著暗紅色的長袍，肩膀上有金色的鎧甲，原本寬大的袖子變成窄袖，有很多隻手的那件披風不見了。他腳上穿著黑色皮靴，踏在碎玻璃上，他的衣袍已不再是他的累贅，似乎隨時會衝過來！

「我不知道你為什麼會在這裡，但我們有話好說！你不會連續在兩個副本當大魔王吧？」

旺柴看到來勢洶洶的伊韓亞，心裡雖然疑惑，卻有種奇怪的感覺。

他覺得……好像……

伊韓亞自己也十分困惑？

「旺柴，退到我後面！」

夜鷹拿出狙擊步槍，但槍托上仍有個小視窗，顯示「Lockdown」——表示他的武器還不能用！

夜鷹立刻在狙擊步槍上裝上刺刀，準備與伊韓亞近戰一搏。

旺柴也拿出長劍，先擺好姿勢。

伊韓亞踩過的玻璃都融化了，變得像熔岩，但那灘熔岩在陽光的照射下折射出七彩，宛如美麗的晶石。晶石液化流動，在伊韓亞腳邊長成尖刺，尖刺沾到伊韓亞的手指，便攀到伊韓亞的手臂上，變成了冰晶狀的拳套。

「夜鷹，他是不是……變強了？」旺柴不想滅自家人的威風，但他見到的這個伊韓亞很明顯跟以前不太一樣。

夜鷹也有注意到，所以他也不確定物理攻擊一定有效，「我把傳送卷軸給你，你看情況不對勁就先回主城。」

「你不相信我，對吧？」

旺柴覺得這也無可厚非，誰叫他上一場就是被人家救了呢？但他好歹也是名譽二星的冒險者，他跟綠水不曉得通過幾個副本了，區區一個BOSS，他也打過啊。

「我不能讓你受傷。」夜鷹卻這麼說。

這就讓旺柴不懂了，他們明明是不會死的。

伊韓亞步步逼近，教室裡突然有同學跑出來。夜鷹和旺柴手上都是近戰武器，來不及掩護驚慌失措的少女。

就在這時，旺柴眼前閃過一道白光。

那是一道白色的身影，旺柴站的位置在那個人後面，所以他看不到那個人的臉，但那個人全身覆蓋白紗，頭上戴著太陽光芒狀的頭飾。

他擋在少女和伊韓亞中間，伊韓亞的眼角抽動了幾下。

就像一開始沒有人知道他是怎麼出現的一樣，伊韓亞消失的時候，也沒有人知道他是怎麼消失的。

要旺柴形容的話，好像是這個人的白紗一蓋，世界就轉變了，伊韓亞也不見了。

旺柴慢慢放下長劍，但夜鷹沒有放下刺刀。

「是聖靈死神！」

「聖靈死神來救我們了！」

「聖靈死神，請你實現我的願望！」

方才還只顧逃跑的少女們突然像看見了偶像。她們圍住穿白紗的人，那個人也慢慢轉過頭來，旺柴看到了一張俊美的臉。

那張臉不輸伊韓亞，而且他跟伊韓亞的年紀差不多，都是二十出頭的青年。

「回教室去吧，沒事了。」

白紗長長地拖到地上，白紗男舉起手，依序摸了一下少女的頭頂，像在給予祝福。他的袖口有黑色的蕾絲和黑色羽毛，頭上的光芒頭飾是真正的純金，旺柴忍不住想，那會有多重啊！

待少女們都離開了，白紗男緩步走向旺柴與夜鷹。

「站住！」夜鷹斥喝，「報上你的名字。」

「瑪摩塔。」

旺柴覺得這名字好像在哪裡聽過……

「你認識伊韓亞．貝松里？」夜鷹問，「為什麼他一見到你就停手了？」

「那你得去問他。」

瑪摩塔的頭髮藏在頭紗底下，眼睛是溫暖的橘色。他的皮膚沒有伊韓亞那麼白，臉上富有血色，看起來比伊韓亞健康多了。

「我想起來了……阿格沙說伊韓亞殺了他的兄弟，那個人就叫做瑪摩塔！」旺柴伸出一根手指頭，指向白紗男。

聽到旺柴的話，夜鷹的眼裡閃過疑惑。

「所以他是……死了還是活的？」

「呃……應該是沒死成吧。」旺柴猜的，「伊韓亞不是說他沒殺他嗎？他跟阿格沙還在吸血鬼王的面前吵起來。」

「我知道，我在場。」當時的夜鷹就躲在樑柱上。

「學生就快要回來了。」瑪摩塔垂下眼眸，他的身體漸漸逐漸變得透明，「再把我召喚出來吧，反正我也無法離開……」

瑪摩塔消失了。

旺柴和夜鷹對看一眼，旺柴問：「他該不會是亡靈吧？」

夜鷹沒說話，他心裡想的是，那子彈打不打得到？

「危險分子」被驅逐，滿地都是碎玻璃的走廊被封鎖起來，一整排的教室都被停用了，學生則被安置到圖書館或其他空教室。

在任何狀況下都能處變不驚地讀書，大概是學生的專長。

旺柴和夜鷹來到頂樓，旺柴拿出學生手冊，發現裡面因為他們方才追伊韓亞時跑跑繞繞的關係，地圖變出新的頁數，那用紅墨水寫糊了的字跡也變得很清晰。

但因為學生手冊非常小，翻開頁面大概只有兩個手掌大，裡面的字也很小，又只有一本，夜鷹只好擠在旺柴身邊看。

兩人肩並肩坐著，旺柴有點尷尬，因為他可以在夜鷹低頭思考時看到夜鷹長長的睫毛。夜鷹在思考的表情很嚴肅，但只要仔細看他的眼睛，就可以在專注之餘發現裡面蘊含著的溫柔。

「我覺得這應該是日記。」

「啊？」旺柴沒注意看那上面寫什麼，他只是充當人體書架，為夜鷹捧著學生手冊。

夜鷹念起手冊上的文字：

「班長發現了，她發現我喜歡她的男朋友，但她說他們不是男女朋友，只是父母再婚才會一起上下學，因為要做出一家人的樣子，爸爸媽媽才會高興。我鬆了一口氣，但班長對我示好的目的是什麼呢？」

「夜鷹，你有沒有覺得這一點一點紅紅的……有點像……」

「血跡？」

旺柴指著學生手冊的角落，不敢說得那麼直白。

「所以，這段文字有可能是用鮮血寫成的。」夜鷹拿起學生手冊，「如果地圖要我們經過才會顯現，那這上面的字也可能是我們經過了某人才會變得清晰。我們剛才去追伊韓亞時，途中經過了那麼多人，裡面有可能就有我們要找的ＮＰＣ。」

現在是上課時間，他們如果進到教室裡，用土法煉鋼的方式一個一個問，那一定會被老師抓到，扣血扣到滿。

夜鷹翻頁，繼續念下一段文字：

「她拉我進社團，一開始只是玩一些小遊戲，讀一些不常見的書。有一天，班長說我們學校有一個古老的守護神，只要成功召喚出聖靈死神，我們的願望就會實現。班長還說，很多人都做過這個儀式，所以很安全。」

夜鷹唸到「聖靈死神」的時候，旺柴想起了那個全身覆蓋著白紗的俊美青年。

「是瑪摩塔？她們召喚出了瑪摩塔？」

「……」夜鷹沒回答，因為他還不敢確定。

「她們為什麼要召喚吸血鬼王的兒子？」

旺柴完全不懂，是覺得他們顏值很高嗎？這年頭顏值就代表攻擊力嗎？

好、好像是耶……

「我比較在意瑪摩塔最後說的話。」夜鷹冷靜地分析，「他說『反正我也無法離開』，意思是他被困住了嗎？如果是的話，就表示他會出現在這個副本裡其實並不在他的預期中，他也不知道怎麼回去。」

「我開始覺得吸血鬼像陰魂不散的怨靈了。」旺柴調侃，「那就是伊韓亞會出現在這裡的理由嗎……」

「你覺得伊韓亞是追著瑪摩塔來的？」夜鷹問。

「因為他把瑪摩塔推下去還不承認。」

「可是，他明明有機會殺了瑪摩塔，卻沒有動手。」

「嗯……」關於這點，旺柴就想不透了。

夜鷹翻到下一頁。

「我們晚上來到學校，一共四個女生，我、班長、班長的閨蜜和隔壁班的眼鏡妹。我們宣示對彼此的共識，宣示共識將是我們行事的準則，我們絕不洩漏祕密，我們是照顧彼此的好姊妹了。」

「什麼是共識？」旺柴有不懂就問。

「我想應該是，她們接下來要做的這件事是四個人同意的，所以把這四個人都綁在同一條船上。」夜鷹接著念：「聖靈死神能實現我們的願望，他真的實現了，他讓欺負眼鏡妹的三年級學姊從頂樓跳下去……」

夜鷹念到一半，抬起頭來。

他們現在不就是在頂樓嗎？

夜鷹動作很快，他把學生手冊丟還給旺柴，起身察看。頂樓的女兒牆外設有鐵絲網，如果要跳下去，必須先翻過鐵絲網。夜鷹繞著女兒牆走，沒有發現異狀，有可能跳樓的地點不在這裡。

「第二個許願的人是班長的閨蜜。」旺柴替夜鷹把段落唸完，「她希望中頭彩，結果她真的中了一千萬。」

「……」夜鷹無言。

「這個聖靈死神是許願池嗎？」

旺柴都想摔書了，但手冊上就是這樣寫的。

旺柴繼續念：

「第三個是班長，她希望可以跟喜歡的人在一起，她希望自己可以獲得幸福快樂，我都不知道她原來是一個這麼浪漫的人。第四個輪到我，我們必須在聖靈死神的身體消失之前說出願望，但班長就在我身邊，我不好意思說我想跟她的新哥哥……後面的字又看不清楚了。」

「我們必須找到寫日記的ＮＰＣ。」夜鷹歸結道。

「嗯。」旺柴點頭同意，「但是要怎麼找？學校裡有這麼多人！」

「她們社團聚會的地點。」夜鷹從旺柴手裡拿過學生手冊，翻回前頁，指給旺柴看，「Ｂ２２１教室。」

「好，我們上！」

「喂喂，同學，現在是上課時間，你們在頂樓做什麼？」

鮪魚肚老師又出現了！

因為有被扣血的經驗，旺柴現在很怕被老師逮到，但鮪魚肚老師還沒碰到他也還沒登記姓名，血就開始扣了！

「同學，出席率是很重要的，現在就蹺課，以後長大怎麼辦？你們要好好唸書，才對得起父母啊！」

「啊？」旺柴完全聽不懂，一臉呆滯。

夜鷹雖然覺得旺柴呆呆的表情很可愛，但現在的情況刻不容緩，他不出手不行了。

「來，過來跟我登記一下。」

「噯，不……」

還沒登記就開始扣血，那一登記豈不是要大爆發？眼看鮪魚肚老師拿出簽名版，旺柴覺得那像生死狀！

「老師！」

沈默半晌，夜鷹終於開口。

旺柴的眼睛都亮起來了！因為他看到夜鷹把手放進口袋，在裡面握著的是石頭嗎？

「是我的錯。」夜鷹亮出空空如也的雙手，「我心情不好，才叫他陪我上來吹吹風，我們不是故意要蹺課的。我父母昨天晚上又吵架了，我最近失戀了，我的心情真的真的很不好，我需要一點空間……」

旺柴完全看傻了，夜鷹那神情並茂的演技是怎麼回事？

「老師，我實在受不了每天都要唸書考試了，我只想要稍微休息一下，然後我就會回到正軌。我的第一志願是Ｔ大法律系，我是全校前百分之五的學生，每天唸書唸到十二點，我只要求一堂的空閒，就只要一堂讓我休息一下，這樣也不行嗎？」

「……」鮪魚肚老師愣住了。

「……」夜鷹在想自己是不是太超過了？

「同學，我懂你！」鮪魚肚老師突然用力拍夜鷹的肩膀，甚至有點哽咽，「適度的休息也很重要，但是不要休息太久，你還是要以你的第一志願為目標，知道嗎？」

「是。」

鮪魚肚老師離開頂樓，旺柴和夜鷹兩人的生命值都不再扣了。

旺柴完全不懂這是什麼操作，「你面對吸血鬼王都沒有廢話，現在為什麼要跟他講那麼多話？你不想一槍給他下去嗎？」

「八年前的我會，但現在我知道，老師也是普通人。」夜鷹揉揉臉頰，因為做太多表情，快抽筋了。

——B221教室。

旺柴和夜鷹找不到任何線索，那只是一間普通的社團教室，有一些空桌椅和書架供社團成員使用，書架上都是跟學科有關的參考書。

「現在怎麼辦？」旺柴問。

下課鐘響，學生從教室裡走出來，走廊上陸陸續續有說話聲。

旺柴拿出學生手冊，發現那些糊掉的紅色字跡開始顯現了。

「夜鷹！」

旺柴叫了一聲，夜鷹來到他的身邊，和他一起看。

夜鷹把顯現的字句念出來：

「……我不好意思說我想跟她的新哥哥交往，因為班長和校草都是很優秀的人，我覺得我配不上他們，但是聖靈死神能實現我的願望對吧？他能讓班長變得不那麼優秀，這樣我就能配得上她哥哥了。」

夜鷹唸完一個段落，心裡有股異樣感，旺柴也覺得好像有哪裡怪怪的。

兩人對看一眼，似乎都有個不祥的預感。

旺柴翻到下一頁，想看日記還有沒有，但顯現出來的是任務指示：

『拯救自殺的女學生（0／1）

打倒聖靈死神（0／1）』

「你們是誰？」

旺柴和夜鷹還來不及仔細思考任務指示，Ｂ２２１教室的門就被推開，一個綁著馬尾的女學生走進來，戒備地瞪著兩人。

旺柴看了一眼學生手冊上的字，再看到女學生身上，他不禁懷疑，手冊上的日記會不會是眼前這個人寫的？如果是的話，那他們不用去找任務NPC，NPC就自己找上門了。

「我們是轉學生，還不懂晨光學園的規矩。」夜鷹編起謊來又快又不會臉紅，「我聽說晨光學園有一個守護神，叫做聖靈死神，妳能告訴我們有關聖靈死神的事嗎？」

「聖靈死神會保護大家。」女學生道。

「妳知道怎麼召喚他嗎？」

女學生先遲疑了一下，爾後搖頭，「聖靈死神只有在危險的時候才會出現。」

「但他可以實現願望，對吧？只要在他消失之前許願。」

女學生看夜鷹的眼神十分懷疑，「你不是轉學生嗎？你都知道了啊……」

「呃……」夜鷹一時情急，裝得太超過了，「我先做了一點功課，但我不知道具體要怎麼召喚他，我真的……很需要他。」

「為什麼？」女學生問，她還是滿臉的不相信。

「我希望可以考上第一志願！」夜鷹馬上編出一個理由，「我是……家裡的長男……壓力很大，我想祈求聖靈死神保佑！」

「這裡的每一個人都想考上自己的第一志願。」女學生冷冷地道。

「呃……」

看到夜鷹一時詞窮，女學生的眼神更加疑惑了，旺柴趕緊補上這個空檔，大聲道：

「因為我喜歡他！」

「咦？」女學生眨眨眼。

「……」夜鷹的腦袋瞬間變得空白。

「我喜歡他，但我們身邊一直有人嘰嘰喳喳。」旺柴主動挽起夜鷹的手臂，做出像小鳥依人的樣子，「所以，我們希望召喚聖靈死神，讓我們幸福快樂地在一起 」

旺柴臉上帶著微笑，笑得好像周圍的花都要開了。

沒有人會懷疑他的真心。

「喔，如果是那樣的話……」女學生的臉頰微紅，似乎有點尷尬，但是又不好拒絕，「體育館後面有一座小噴水池，沿著噴水池走進樹林，會看到一座神壇，只要在神壇面前手牽手圍成一個圈，所有人都有『共識』，聖靈死神就會出現了。」

「有共識，具體來說要做什麼？」夜鷹嚴肅地問。

旺柴可以感覺到夜鷹被摟住的那條手臂很僵硬，他忍不住偷笑。

「只要想著同一件事就好了。」女同學回答。

# 第七章

# 你摧毀我的世界，我也要摧毀你的

旺柴和夜鷹走進樹林，經過十分鐘的路程後，發現了一座小小的神壇。

神壇很破舊卻十分顯眼，因為它蓋在空地上，周圍都是樹，好像這些樹是圍繞它生長，而非它被遺棄在樹林裡。

夜鷹蹲下來檢查神壇，裡面有一尊包著白紗的骷髏雕像，他直接把雕像拿出來，還把白紗裙給人家掀開，旺柴都要被嚇死了。

「噯噯，你不怕對聖靈死神不敬嗎？」

「我們的目標是打倒他，我怎麼會怕？」

夜鷹看雕像本身沒有異狀，又擺了回去。他觀察著神壇附近的土地，草很高，沒有人修剪過，地上也沒有遺留任何線索。

「夜鷹。」旺柴對趴在地上的男人伸出手。

夜鷹沒有接下那隻手，他自己爬起來，拍拍衣褲。

「我們來舉行召喚儀式吧！」旺柴其實有點期待。

為了圍成一個圈，兩人牽著雙手，面對面站著。

旺柴閉上眼睛，努力想著……想啊想……要有共識……要有共識……

什麼都沒發生。

旺柴先張開一隻眼睛，又張開另一隻，他看到夜鷹眉目低垂，沈靜的臉龐有一股憂鬱的美感，「夜鷹？」

「是。」

「你有在想我們應該要想的事嗎？」

「這比我想像中還難。」

「為什麼？想同一件事很簡單啊！我們只要想『趕快召喚出聖靈死神，趕快打倒他』不就好了？我們還來得及回主城吃大餐！」

旺柴笑開懷，但他看夜鷹的臉上完全沒有笑容，他的笑臉也慢慢收斂下來。

「對不起。」夜鷹放開旺柴的手，「我需要一點時間，給我幾分鐘，我就會恢復成平常的樣子……」

「夜鷹！」

夜鷹走到神壇後面，單手靠在一棵大樹上。

旺柴看著他的背影，有一股落寞的感覺。

那種感覺是不應該出現在遊戲裡的，也是他十分陌生的。但雖然陌生，他卻發現自己並不討厭。

他頂著這股陌生的感覺，走到夜鷹身後。

「對不起。」夜鷹知道是旺柴走近自己，「這裡的一切都……太奇怪了，先是制服，然後是老師和同學，我會忍不住想起以前的事……我已經很久沒有想起以前的事了，然後你又說你喜歡我——」

「那怎麼了嗎？」

夜鷹聽到旺柴滿不在乎的口氣，轉過身來。旺柴續道：

「根據學生手冊上寫的，四個人向聖靈死神許願，一個想要報仇，一個想要發大財，兩個想要跟喜歡的人在一起，套用你之前講的……那個叫什麼……交叉比對？反正，『跟喜歡的人在一起』出現的機率比較高，所以當然要許這個願望啊！」

「喔……」夜鷹恍然大悟。

「之前有人許過什麼願望都寫在上面了，你偏偏講了一個之前沒出現過的，當然無法觸發NPC給你提示。」

「這樣啊……」

「夜鷹，我不是在怪你喔，你不要誤會！哈哈，每個人都有失常的時候嘛，你之前不是救了我嗎？那也只是我一時失常喔！」

「我……沒有誤會……」

「你還好嗎？是被什麼暗器打中了嗎？為什麼臉紅了？」

「沒事。」

「真的沒事嗎？」旺柴轉頭看看四周，都是樹。

樹沒有變成樹妖，沒有半個人影，空氣還滿清新的，他察覺不到有危險。

「確定？」不是旺柴要自己嚇自己，但連高大聰明的夜鷹都露出了「快不行」的表情，難道現在有他未知的神祕力量正在發酵？

「我沒事。」

夜鷹一語道盡，臉上恢復了平常的微笑，還是那個溫和拘謹的男人。

「我們來召喚聖靈死神，完成任務！」夜鷹走回祭壇前，旺柴也興奮握拳。

「好！」

兩人重新把手牽在一起。

「……」

「……」

過了許久都沒動靜。

「夜鷹，你真的沒事了嗎？」旺柴試探性地問。

「我保證，我現在滿腦子只想要召喚聖靈死神。」

「我也是……那個ＮＰＣ該不會騙我們吧？我都已經這麼認真地想著要召喚瑪摩塔，都想到腦袋快爆炸了！」

「等等，你想著要召喚瑪摩塔？」

「對啊。」

夜鷹發現了哪裡不對勁，「我想的是要召喚聖靈死神，你想的是要召喚瑪摩塔，如果我們的想法無法達成共識，那就表示……」

「瑪摩塔和聖靈死神不是同一個人！」

就在兩人的想法達成一致性的時候，白紗男出現了。

他就像憑空出現的幻影，落下沒有聲音的雪。

「瑪摩塔！」旺柴放開夜鷹的手，「說！你到底是不是聖靈死神？」

「旺柴，真正的問題不是他是不是聖靈死神，而是他怎麼來到晨光學園的。」夜鷹比旺柴往前站一步，有意將旺柴保護在自己身後。

「主人在前往西海之前，將城堡的管轄權交給了伊韓亞。但事實上，城堡和周圍的十七個鄉鎮並非伊韓亞一個人在管。」瑪摩塔開口訴說。

「主人將權力分成五塊，伊韓亞主掌十七個鄉鎮的人口和稅收，雷文負責守衛，阿格沙負責所有有關藝術和音樂的工作，小南瓜確保城堡裡的庶務運作順暢，每個人都有美食享用、地板都是乾淨的……」

「那你呢？」夜鷹問。

「我主掌死亡。」

瑪摩塔不像阿格沙一樣畏懼他人目光，不像南瓜一樣順從，也不像伊韓亞一樣充滿怒氣且猖狂。瑪摩塔的橘色眼眸彷彿看盡了人生百態，又有著鋼鐵般的意志，要貫徹自己的職責。

「我來到臨終之人的身旁，安慰他們，帶他們的靈魂到另一個世界。」

「那絕對不是『完成願望』。」旺柴小聲吐嘈，夜鷹也點頭。

「但伊韓亞改變了一切。」瑪摩塔面無表情，唯有一雙炯炯有神的眼睛變得悲戚，「伊韓亞先是奪走雷文的權力，城堡裡的衛兵和十七鄉鎮的警備隊都供他使喚，他用手上本來就有的人口名單，挑選十五到十九歲的少年。他把這些孩子運到城堡裡，汲取他們的鮮血……我看著他們一個一個死去，但我無法安慰這麼多靈魂。」

瑪摩塔抓著自己的胸口。那揪心的模樣，是旺柴在猩紅之地的人們臉上從沒見過的。

「鮮血滲進地板，靈魂深鎖在牆壁裡，主人的城堡再也不是我們熟悉的家，我試著跟伊韓亞講道理，但他不肯聽，伊韓亞固執地相信自己可以變成吸血鬼。」

「我們之前見過伊韓亞。」旺柴承認，「伊韓亞穿著吸血鬼王的衣服，坐在吸血鬼王的王座上。」

「他還占領了主人的房間！」

這點旺柴倒是沒聽阿格沙說過，他也沒親眼見過那個房間。

「主人的房間有最好的視野和最大的陽台，裡面總是有個很香的味道，是玫瑰和紫丁香，即使主人已經離開一年多了，我進去那裡時還是能聞到香味。有天，我照樣去勸說伊韓亞，但我們在陽台上起爭執時，他把我推了下去。我知道那或許可以說是意外，但他還是把我推下去了。」

「你是怎麼活下來的？」夜鷹問。

「我沒有掉到地上。伊韓亞沒有看見，阿格沙也沒有，我在半空中就被捲進魔法陣裡，當我重新張開眼睛時，晨光學園的學生就叫我聖靈死神了。」

「夜鷹。」旺柴拉著夜鷹的手臂，跟夜鷹咬耳朵，「我玩遊戲這麼久，從來沒遇過ＮＰＣ會穿越，每個副本應該都是獨立的，我也從來沒遇到重複的角色。」

夜鷹點點頭，表示理解，這個遊戲正在發生偏離正常運行軌道之事。

「瑪摩塔，學生向你許願後，你有實現他們的願望嗎？」夜鷹問。

「有。」

「為什麼？」旺柴不理解啊！「你不是說自己主掌死亡嗎？你是死神，不是許願池！」

「這裡沒有臨終之人。」瑪摩塔平靜地道。

旺柴有點聽不懂，他望向夜鷹，但夜鷹專注地盯著瑪摩塔。

「主人叫我做什麼，我就做，但這裡沒有即將逝去的靈魂，我要怎麼執行主人交代給我的任務？沒有人給我任務，我就不知道該做什麼……不知道主人和大家怎麼樣了……」瑪摩塔低下頭。

旺柴看了夜鷹一眼，他們該說實話嗎？

夜鷹沒有思考太久就點頭，但實話有很多種表達方式。

「吸血鬼王死了。」夜鷹道。

「什麼？」瑪摩塔一怔，嘴巴久久不能闔上。

「是我們殺的。」夜鷹的口氣十分沈穩，但這並沒有引起瑪摩塔的怒氣，夜鷹就知道自己壓對寶了，「我們接到委託，要救出囚禁在城堡裡的孩子。這是伊韓亞做的，我們要攻擊伊韓亞的時候……吸血鬼王挺身保護了他。」

「我就知道……」瑪摩塔茫然地走了幾步，白紗糾纏在他的腳邊，「我就知道總有一天他會自食惡果，但怎麼……怎麼把主人也捲進去了呢？我們以後要怎麼辦……」

「瑪摩塔，如果我們完成了在晨光學園的任務，也許會有辦法送你回去。所以我要你回答我，你有殺三年級的學姊嗎？」

瑪摩塔的表情一下變得疑惑，爾後又瞪大眼睛，好像他被夜鷹的問題冒犯到了，「我從不殺人！」

「謎題解出來了，還有另一個聖靈死神。」夜鷹可以確定瑪摩塔沒有說謊，因此他篤定地道：「從時間線來推斷，日記中被實現的願望都是發生在瑪摩塔被傳送到晨光學園之前，瑪摩塔被傳送到晨光學園之後就沒有人死掉了，那自殺的少女是……？」

旺柴拿出學生手冊，上面沒有浮現出新的日記，他再看一次任務指示，依舊是：

『拯救自殺的女學生（0／1）

打倒聖靈死神（0／1）』

「啊！我感應到了臨終之人，她的心中充滿了傷痛……」

瑪摩塔伸出雙手，好像捧著什麼，他看著自己的雙手。他的手中空無一物，但他就看著那團空氣，彷彿正捧著是一個人的心。

瑪摩塔突然飄浮起來，往學校的方向飛，旺柴和夜鷹也追了過去。

旺柴和夜鷹追到一半時，瑪摩塔垂直上升。夜鷹拿出狙擊步槍，用瞄準鏡看遠方，他看到頂樓有個人影。

兩人跑上樓梯。

二年級教學大樓頂樓的女兒牆外，鐵絲網裝到一半就停工了，材料還堆在一旁。

夜鷹推開頂樓的門，看到瑪摩塔飄在空中。

「我可以感受到妳的痛苦，妳在心中吶喊，為什麼沒有人了解我？我都已經這麼努力了，為什麼我的成績一下滑，媽媽就不高興呢？她到底想要什麼？對不起，我不是一個讓妳滿意的女兒，對不起……」

一個短頭髮的少女站在頂樓的女兒牆外。

她背對著旺柴和夜鷹，兩人都看不到她的臉。

「妳知道自己是誰，妳知道自己想要什麼，妳知道家在哪裡……」

瑪摩塔飄在少女面前，對少女伸出雙手。他金色的頭飾閃閃發亮，全身的白紗宛如清凜的梅花，眼裡充滿了憐憫，就像一個迎接孩子回家的母親。

「瑪摩塔！」旺柴背上都是冷汗。

夜鷹衝上前，在少女要往下跳的時候，抓住了少女的手。

「呼～」旺柴鬆了一口氣，這樣他們就完成一項任務了，「還好還好，有驚無險。」

少女慢慢回過頭來，夜鷹看到少女的臉……

剎那間，夜鷹被嚇得臉色煞白。

他不自覺鬆開了手。

旺柴聽到底下傳來聲響，然後是女同學的尖叫。

「夜、夜鷹？你剛剛……」

夜鷹看著自己的手，再看到底下猩紅一片。

——那女孩的臉分明就是……

「……讓我出去。」

「夜鷹？」

「讓我出去——啊啊啊啊！」

夜鷹突然抓著自己的腦袋嘶吼，旺柴看到他整個人變得模糊，就像訊號有問題的螢幕。

之後當旺柴眨眼再張開眼睛，就看不到夜鷹了。

※

「啊啊啊啊！」

撕扯著自己的頭髮，男人把貼在太陽穴上的連線裝置扯下來。

他僵硬的身體一翻，從躺椅上跌了下去。

他不急著爬起來，也沒有力氣爬起來，他側躺在骯髒的地板上，拉出掛在脖子上的軍籍牌。

和軍籍牌掛在同一條鍊子上的，是一個長方形的數位照片，他以指尖輕點，數位框裡就浮現出一家四口的全家福照片。照片裡有一個中年男人、一個中年女人、一個個子比較高的少年和一個個子比較矮的少女。

少女的臉跟他在遊戲裡看到的一模一樣。連髮型都一樣，都是能露出耳朵和脖子的短髮，穿著學校的制服。

男人把照片壓在胸口，低聲啜泣。

※

旺柴簡直不敢相信自己眼前看到的。

夜鷹丟下他，不見了。

一個女孩子跳下去了。

他們的任務失敗了。

「高處的風景總是令人百看不厭。」

聽到伊韓亞的聲音，旺柴猛然轉頭，看到伊韓亞穿著和他一樣的道具，高校制服。

穿著制服的伊韓亞看起來就像學園裡成績頂尖的學長，唯有他的眼神透露出噬血的慾望。

他的手上戴著金屬護甲，上面塗著一層彷彿會流動的七彩光澤，旺柴認出了那就是能變成尖刺的武器。

「還有一個人到哪裡去了？」伊韓亞瞥向旺柴。

旺柴默默開啟物品欄。

「沒關係，反正你們都會死在這裡！」

不出旺柴所料，伊韓亞用的是將流動金屬變成尖刺的攻擊方式，旺柴放出魔法技能，使用防護罩。

防護罩很有效，暫時擋住了尖刺，旺柴看著物品欄中的傳送卷軸，那是他唯一能逃離戰場的機會。

伊韓亞的尖刺一開始只出現在手上，後來連腳邊也有，那流動的金屬慢慢從七彩變黑，彷彿吸收了所有的光亮，最後變得濃稠黑暗。

旺柴的防護罩很快就被打壞了，他把能丟的技能都丟出去，卻只讓伊韓亞的尖刺變得更加粗壯，旺柴完全不知道怎麼會這樣！伊韓亞輕鬆地向前走，旺柴卻看不到伊韓亞的生命值在減少。

就在這時，瑪摩塔出現在旺柴與伊韓亞中間，使伊韓亞的攻擊停住了。

腳邊的黑色金屬變得像泥濘，它們融化到伊韓亞的腿上，爬到伊韓亞的背上，彷彿為伊韓亞張開了惡魔的翅膀。

「以防你不知道，瑪摩塔，他們殺了主人，我是在為主人報仇。」伊韓亞下頷微揚，態度高傲。

瑪摩塔則瞪著伊韓亞，一雙橘色的眸子飽含泣訴，「他們把事實告訴我了，主人是為你而死的！都是你造成的！」

「我嗎？我只是在做主人叫我們做的事。」

「他有叫你殺小孩嗎？」

「他叫我們……成為『自己』。」伊韓亞的手邊、腳邊都沒有尖刺，但他快速踏出幾步，有如一陣風，抓住了瑪摩塔的脖子，「他說，要為我們自身感到驕傲，找到我們最想成為的樣子，去成為自己理想中的樣子……我終於知道我是誰了。」

伊韓亞冰冷的眸子一瞥，腳邊瞬間生出黑色藤蔓，從背後抓住旺柴的脖子，不讓旺柴輕舉妄動。

「你呢，弟弟？你只會做主人叫你做的事，你還失職了！」

「是你造成的……」

「我創造了一大堆的『機會』給你，但你來不及安慰那些靈魂，更來不及帶它們到另一個世界，以致於它們被困在牆壁裡，日夜哀嚎。」

「……」瑪摩塔紅了眼眶。

「我聽不到那些聲音，但你可以。」

「……」他掉下了一滴眼淚。

「誰的失職更嚴重？」

伊韓亞在瑪摩塔耳邊輕聲細語。

他勾起嘴角，放開了瑪摩塔的脖子，但那上面已經被他烙下了指痕。

被黑色藤蔓抓住脖子的旺柴拚命地掙扎，這時伊韓亞轉過身來，變出更多條黑色藤蔓捆住旺柴的手腳，還有一部分變成尖刺，直指旺柴的眼睛、頸動脈、腹主動脈和心臟的位置。

「我想讓你流光最後一滴血，但你看起來很不好吃。」

伊韓亞控制著尖刺往前走，並輕鬆地跳到女兒牆上，旺柴也被舉到高空中。

「你毀了我的世界，我也要毀掉你的。」

藤蔓鬆開，旺柴在方才女學生自殺的位置被丟了下去。

「啊啊啊啊啊——」

「啊啊啊啊啊——」

「旺柴！旺柴！」

旺柴重新張開眼睛，發現自己回到了住家樓下。

他看看四周，發現自己正坐在人行道上，綠水蹲在他身邊，一手摟著他的肩膀。

可能是他被丟下樓，以摔死的名義被扣到剩下最後一滴血，所以被傳送回主城了。

公會ＮＰＣ的視窗跳出來：『很遺憾，任務失敗了喔！但是我們埃維爾聯合公會提供冒險者非常多非常多的選擇，你可以選別的任務挑戰，這個世界還有很多需要你的人——』

ＮＰＣ大姊姊的話沒說完，旺柴就把視窗關掉。

「旺柴，你們在副本裡發生什麼事了？我都聯絡不到你……旺柴！」

旺柴逕自起身，不理會綠水的詢問，走上樓梯。

綠水用飄的追在後面。

「旺柴！」

旺柴回到自己房間，並把房門重重關上。

綠水第一次吃了閉門羹。

# 第八章

# 我們一起去解開任務謎底，好嗎？

旺柴不知道星河市的水是從哪裡來。會流到哪裡去，因為這條貫穿城市的運河從他張開眼睛以來就是這個樣子，但那或許是他從來沒關心過城市的歷史。

這並不是他的問題，試問有誰會先看完遊戲的世界觀介紹才開始打怪？旺柴也只是一個普通玩家，想按ＳＫＩＰ很正常。

城市的歷史和有關運河水利的事都收錄在總督府的檔案室裡，旺柴特地起了個大早，前往總督府。

其實，他昨天晚上睡得很好。他以為自己會睡不著，但意外地一躺下來就睡著了。一夜無夢，早上他自己醒來，沒有靠鬧鐘或綠水叫他。他走出臥房，看到綠水坐在窗邊喝早餐茶，台詞跟以前一樣：「早安啊旺柴，今天也準備好當一隻舔狗了嗎？」

旺柴沒有理綠水。綠水察覺到自己的台詞不管用，卻不知道怎麼安慰旺柴。

旺柴隨便打包了一些房東太太做的麵包，換過衣服就出門了。

他走在路上，邊走邊吃，來到總督府。

跟門房登記後，他被帶往檔案室，在那裡，他看到了星河市的歷史和運河興建的起源。

原來一百多年前，因為氣候異常造成的海平面上升與沙漠化，摧毀了人類曾習以為常的世界。糧食分配不均、貧富差距、不明傳染病加速了死亡與日常的崩毀，在此絕望的局面中，一群科學家組織了一個探險隊，他們和倖存者搭乘飛船前往未知領域，那裡有清澈的天空、未受汙染的水源、無數綠色植物和橫行的魔物。

人類終於在新世界立足，並建立起秩序與斬殺魔物的機制，這便是聚集冒險者的埃維爾聯合公會，而這個世界就是所謂的——「美麗新世界」。

之後一百多年過去，人類在美麗新世界陸續建立起三座大城市，分別是星河市、銀河市和綠洲之城。星河市是最晚建立的，銀河市最早，綠洲之城第二，這與當初飛船降落的位置有關。

當初為了有一個好位置降落，所以有了建立在高原上的堡壘都市——銀河市。

銀河市因為地形比較高，所以即使它旁邊就是海，它還是不怕海平面上升，而且人類有將海水提煉成淡水的技術，此舉解決了飲水問題，同時能發展養殖業。

一百多年後，銀河市的居民大概是繼承了祖先很怕海平面上升的基因，所以他們的房子都蓋得特別高，同時因為發展飛船經濟的關係，銀河市也是唯一一個能讓航空、航運用飛船停泊的港口市。

第二個蓋起來的綠洲之城，是與當地居民合作的成果。

美麗新世界雖然有魔物橫行，但這片土地上本來就有一些人類居住，只是這些人的科技落後，而且長期受到魔物控制，還有一些人其實是與魔物的混血兒。綠洲之城便是科學家們到來後，與當地居民、混血兒一起蓋起來的，綠洲之城也因此成為美麗新世界裡最有異國風情的城市。

第三座大城市是星河市，星河市以前是低窪沼澤，將支離破碎的水域整合起來後，就有了橫貫城市的運河，城市風貌也得以改善，變成以觀光著名。運河往北是綠洲之城的方向，往南是銀河市，但現在已經發展出了高速傳送器，所以很少有人會從運河乘船到這兩座城市了。

旺柴瀏覽完城市歷史後，離開總督府。

旺柴知道星河市以觀光著稱，他用兩顆眼睛也看得出來，這裡一天到晚有慶典，不是在騙錢的。但他不知道銀河市和綠洲之城的起源，他只去過一兩次，覺得那裡的風景他不喜歡就回來了。

他喜歡熱鬧、喜歡玩樂、喜歡開開心心的，覺得這才是「美麗新世界」，但在這樣的世界裡，一個有憂鬱眼神的男人闖入了他的生活。

旺柴來到河邊，走過他與夜鷹曾經走過的橋。

橋上有馬車、行人經過，但那不影響旺柴看風景。

橋的東北方有一座大鐘樓，再過去一點就是總督府，旺柴站在橋上，雙手靠著欄杆，看到橋下有小船划過。

橋上的街燈十分復古，如果是晚上來到河邊慢慢散步，或是停下來感受時間的流逝，都會覺得很浪漫，可惜現在是白天。

旺柴繼續走，他不禁想，「浪漫」這種感覺是跟人有關的，如果他跟綠水來就一點都不會這麼想，但他上次跟夜鷹一起來，就有稍微感覺到什麼……

啊~他不懂啦！

旺柴沿著河邊走，經過小販時，買了一杯水果茶。

能在河邊喝一杯茶是一種享受。

旺柴走著走著，看到夜鷹坐在河邊的長椅上。他不知道夜鷹坐了多久，也還沒想好自己要怎麼面對夜鷹，但當他看到夜鷹落寞的背影，想必靠近看也會有一雙憂鬱的眼睛，他沒有想太多就走了過去。

夜鷹穿著深咖啡色的皮革長大衣，狙擊步槍擺在腳邊，槍管靠著長椅。他望著河面，彷彿無視了塵囂，唯有他那張英俊的臉龐還屬於世俗標準的一環。

旺柴肯定夜鷹一定能察覺到有人靠近，但夜鷹遲遲不轉過頭來，他只好在夜鷹身旁的空位坐下。

「如果前面有兩個傳送光圈，一個通往甜蜜的謊言，一個通往殘酷的現實，你會選擇哪一個？」

夜鷹確實察覺到了，他知道是旺柴才開口說道。

「不能留在這裡嗎？」旺柴看著眼前美麗的景色反問。

「當然，那也是一個選項，但隨著時間逼近，我們所在的世界會漸漸被腐蝕，時間正在倒數，你非得做出一個選擇的時候，你會選哪一個？」

「你知道我會選哪一個嗎？」

夜鷹轉過頭來，看著少年，「我不知道。」

他的眼神溫柔，金色的眸子就像秋天的銀杏。

「我怎麼會知道你的答案呢？」

「因為你比我聰明……」

「但你比我強。」

有那麼一瞬間，旺柴以為夜鷹在說笑，但夜鷹臉上的表情是認真的，旺柴就笑不出來了。

「我怎麼會比你強？我只是一個普通的玩家，玩這麼久了還有一堆任務沒解、一堆解不了的，我一直失敗，怎麼會比你強？」

「因為你摧毀了我的世界。」

「……什麼？」

男人的聲音是那麼輕柔，眼神像在夜晚泣訴的夜鶯，令人著迷，但他吐出來的話語卻像一顆酸澀的果實，讓旺柴吞不下去。

「你……你在說什麼啊……我又聽不懂了……」

旺柴感覺得出來，夜鷹的態度裡沒有責怪與憤恨，只有像要滴出水的憂傷，讓他即使困惑也沒有移開自己的目光。

旺柴凝視著夜鷹，夜鷹也注視著少年那雙清澈的眼睛。

旺柴的眼睛是深紫色的，有點凌亂的金灰色髮絲像森林裡的精靈，夜鷹可以在旺柴的眼睛裡看到他自己的倒影。

「我的世界毀滅了，都是因為你。」

「可是……」旺柴不認為夜鷹在說謊，但他從夜鷹臉上找不到任何線索。夜鷹的眼神太過深情，他覺得自己如果不再深深吸一口氣，就會窒息，「可是，我沒去過『你的世界』，我怎麼會摧毀它？我為什麼會做那種事？」

「我不知道……至少這是『他們』告訴我的……」

夜鷹在旺柴的眼睛裡看不見欺瞞與詭詐，如果可以，他不希望那雙眼睛因疑惑而變形，所以他移開了自己的目光，讓自己沈浸在悲傷裡，他又變回了那個孤獨的背影。

旺柴坐在夜鷹身邊，即使已經靠得這麼近了，他只要伸手就能碰到夜鷹的肩膀或手臂，但他卻走不進夜鷹的心裡。

「夜鷹，為什麼你跟這裡的人不一樣？你看起來很難過，為什麼你的眼淚卻流不下來？」

「是嗎？」夜鷹從自己的雙手中抬起臉龐，「你是這麼看我的嗎？」

「我……我想看到你笑……」

「我不知道有什麼能讓我真心感到喜悅，直到我找到了你，我就知道傳說是真的，我就知道我的世界還有希望……」

「你想要我做什麼？」旺柴不懂，但他還是主動問道。因為他不想看到夜鷹的臉上殘有憂傷，他的指尖摸上夜鷹的臉頰。

不像綠水皮薄肉嫩，夜鷹的皮膚有一點粗糙，摸起來的感覺有一點不真實，但他不知道真實是什麼了。夜鷹說的話他都聽不懂，他卻想仔細聆聽，夜鷹能看到他看不到的事物，他也想知道更多……

就像吸血鬼王曾經說過，**這個世界不是只有你們現在能看到的程度**。

旺柴想知道夜鷹看到了什麼程度，他活在怎麼樣的維度。如果他是吸血鬼，那夜鷹就是他一直渴望的青年。

夜鷹握住旺柴的手，讓少年的手掌貼在自己臉上。他閉上眼睛，低下了頭。

「這裡好漂亮……是我也不想離開了……」

「那就別走。」

「那是不可能的。」

「你要去哪裡？你要回去你原本的遊戲嗎？這裡不是比較好玩嗎？」旺柴不免著急起來。

夜鷹輕笑，放開了旺柴的手，「在我的世界、在現實裡，大人都說有一群超能力者毀滅了世界，而你就是其中最強的那一個。」

「……」旺柴怔住了。

「我不知道誰說的才對，謠言也傳了八年，如今每個人都堅信，你就是那個毀滅世界的大魔王。八年前我只是個高中生，災害突然降臨，大家都不知道發生了什麼事，但街上變得一片混亂，手機、網路都不通，每個人都變得像怪物……我唯一的願望就是活下來，保護好我妹妹。」

「你妹妹？」旺柴不禁皺眉。

「我們在晨光學園遇到的那個要跳樓的女學生，她的臉就長得跟我妹妹一模一樣。」

「這也太巧了吧？」

「我不相信巧合。」夜鷹的手掌握起拳頭，眼神變得陰沈，「我只能推測，這個遊戲有一種功能是讀取我的記憶，它把我記憶裡妹妹的模樣投影到女學生身上，改變了ＮＰＣ的長相。」

「怎麼會……這是怎麼做到的？」

「我不知道！但設計這個遊戲的人一定非常厲害，非常聰明。『美麗新世界』沒有上市，它無法透過正規的管道搜尋到，它有私人伺服器、私人的網路、私人的線路，一切的設備都遠遠超出我認識的科技，如果不是為了找你，我是不可能進來的。」

「你一直說你在找我……『找我』到底是什麼意思？」

旺柴只覺得自己的腦子裡很混亂，非常混亂，好像有什麼東西快要爆炸了！

「我來找你。萬尼夏，你毀了我的世界，我希望你能修好它。我只希望你能醒過來，把一切恢復原狀！」

「夜鷹，我……」

「——好了，停！」

旺柴聽到綠水的聲音，猛然轉頭，綠水不知何時已經來到他們身邊了。

綠水拉起旺柴的手臂，將旺柴從長椅上拉起，「我不是跟你說過很多次，要提防陌生人嗎？尤其是這種只剩一張嘴的男人。」

綠水跟旺柴說完就瞪著夜鷹，神情戒備，「你有什麼企圖？」

「我說的都是實話，我需要萬尼夏！我要他為自己做過的事負起責任！」夜鷹指著旺柴，「他摧毀我的世界！現在的現實世界裡充滿了遊戲裡才會出現的怪物，人類必須躲在自己建立的高牆裡。土地像被高熱烤過，農作物都死了，蝗蟲肆虐，傳染病橫行，我們活在地獄裡！」

「你有證據嗎？」

飄在空中的綠水伸出一條手臂，將旺柴護在身後，但旺柴仍處於茫然中。

「這要什麼證據……？」夜鷹覺得這問題簡直是不可思議，「我把連線裝置拔掉後，眼前看到的就是證據！」

旺柴方才說他的眼淚掉不下來，但現在他必須忍著才能讓它不掉下來。

「我以前住的地方，放學回家的路上都會經過一家蛋糕店，有時候我覺得壓力很大，就會去買一塊小蛋糕來吃，但現在已經沒有人在做蛋糕了，因為那是很費工的精緻食物，沒有人有那種時間和材料。」

所以，他在這個世界裡吃到蛋糕才會那麼感動。

「我說的都是真的！」

「他在說謊，他在騙你，旺柴，因為根本就沒有什麼狼人任務。」綠水直接挑明。

旺柴眨了眨眼，在綠水與夜鷹之間看來看去，他不知道自己要相信誰。

「我搜尋了所有的資料庫，找不到狼人任務，那問題來了，旺柴，他是怎麼打倒吸血鬼王的呢？」隨著綠水的眼神變得陰狠，周圍的小販叫賣聲和馬車車輪聲好像都安靜了下來，「你要自己承認，還是我幫你說出來？」

「……」夜鷹點頭，「我用了病毒。」

「那是……什麼？」旺柴的臉色發白，本能讓他覺得那是不好的東西。

「他是駭客，旺柴，他透過不正當的手段進到遊戲裡，他就是干擾副本數據的根源！」

「所以，伊韓亞和瑪摩塔會出現在晨光學園，都是你造成的？」旺柴望向夜鷹。

「不，不是我！我跟你一樣不知道伊韓亞會出現，我也不知道為什麼我妹會在那裡！」可能是因為提到了自己的妹妹，夜鷹的聲音不禁提高，「我也像你一樣，想知道真相！」

夜鷹望著旺柴，而旺柴怔了一下，因為他有被說中的感覺。

「如果我們什麼都不想知道，只想照著別人給予的指示做，那我們跟隨便就能割下、砍下的植物有什麼差別？我們到底還是不是人？」夜鷹走上前，抓住了旺柴的肩膀，逼旺柴只能看著他，「你跟我有相同的呼吸、相同的體溫嗎？我相信你有，你不是數據構成的ＮＰＣ，你跟我一樣都是活生生的人！」

「噯噯，誰准你動手！」綠水把夜鷹的手從旺柴肩上拿開，並抱著旺柴，宛如母鳥護雛。

「那病毒是……？」旺柴輕輕推開了綠水，因為就如夜鷹所說，他想知道真相。

「我不知道在遊戲裡會遇到什麼，我為了自己的安全，就帶了病毒進來。我的技術不足，只能做出一顆子彈，那顆子彈不管打到誰身上，都會讓那個角色立即死亡。」

「怎、怎麼會有那麼開掛的武器？」

「因為那是我從外面世界帶進來的，不屬於遊戲的一部分。」夜鷹果敢走上前，抓住了旺柴的手腕，「這樣你也知道了，除了你眼前看到的這個世界，『外面』還有另一個世界！它在等著你！」

「它只會傷害你！」綠水抓住旺柴的另一隻手腕，「來，我們回家，你不想解任務沒關係，我們就在家裡耍廢一天，我陪你。」

「你想把他永遠關在這裡嗎？」夜鷹質問綠水，「關在這個『美麗新世界』？」

綠水用力一拉，因為夜鷹沒有硬抓住旺柴的手，使旺柴一下倒向了綠水。

綠水扶住差點跌倒的旺柴後，慢慢飄到夜鷹面前。

「你不知道我是誰，人類，但我現在就告訴你，我的權限比任何一個NPC都高，我能夠趕走入侵者，包括輸入強烈的電流，讓另一邊的你腦死。」

「你要是能的話，你早就做了。」夜鷹無視威脅，他表現得特別冷靜，「可是你做不到，綠水，我不知道原因是什麼，但這個遊戲也不是由你全權操控的，對吧？」

「唔……」綠水憤怒咬牙。

「為什麼你會推薦我們去解晨光學園的任務，我只想知道這點。」

「哼。」

既然夜鷹表明了他想知道，綠水就更不想說。

「為什麼那裡有一個NPC跟我妹妹長得一模一樣？」

「有你妹妹？」綠水的眼神上下打量。

夜鷹發現了哪裡不對勁，「……你不知道？」

「我搜尋資料庫的時候，發現晨光學園有一個學生NPC，跟你有百分之九十八相似。」

綠水的雙手環繞著綠光，叫出無數個飄浮在空中的透明螢幕。

螢幕上有各種角度的夜鷹，他和旺柴一起站上頒獎台、他和旺柴一起吃蛋糕、他和旺柴一起在河邊散步……夜鷹這才知道，自己的一舉一動都在監視中，尤其是他跟旺柴在一起的時候。他以為他們是單獨相處，但其實已經被拍下了多重角度的照片，表示這攝影機根本來自四面八方。

夜鷹偷偷瞥了旺柴一眼，發現旺柴完全不以為然，他也就不點明了，但心底其實覺得有些毛骨悚然。

綠水以非常高的效率建立起「遊戲代號：夜鷹」的檔案，其中有一張臉部骨骼分析圖，放在晨光學園的學生檔案裡做對比後，出現的就是一名十八歲的高三男生，骨骼相合成度高達百分之九十八。

「你要不要解釋一下？」綠水挑眉。

「夜鷹，這是……你嗎？」

旺柴看著那個穿著制服的少年，他的個子高挑、長相俊美，看起來就是很聰明又知書達禮的樣子。

但旺柴和綠水都不是最疑惑的那個人，最疑惑的人是夜鷹，他的眼裡還流露出一絲恐懼。因為他認得出來，那的確就是自己。是八年前的他。

和軍籍牌上掛著的照片一模一樣。

「夜鷹，你怎麼會在遊戲裡？」旺柴問，「你真的……是玩家嗎？你不會其實是ＮＰＣ吧？」

「你可以調出有關角色的檔案嗎？」夜鷹問綠水。

綠水動動手指，旁邊跳出一個螢幕，寫有角色的姓名、性別、身高、體重、班級。

「那不是我的本名。」夜鷹斬釘截鐵地道。

他心中有個推測，但他不能證實……

「綠水，你知道遊戲的製作人是誰嗎？」夜鷹問。

「……」綠水沒有回答。

「你知道，但你不能說，是嗎？」

「我有權限做出自己的決定！我是ＡＩ，不是公共電話亭！」綠水的鼻子翹很高。

「是不是巴克萊雅博士？」

「……！」

看到綠水的表情，夜鷹就知道答案了，肯定是的。

「在我以前住的地區，有一個很有名的科學家，我們都戲稱他住的地方是瘋狂豪宅，因為他住在一棟大房子裡，平常很少人看到他，也沒有人知道他在做什麼實驗，但如果他成功研發出了沈浸式的虛擬實境體驗，那的確會讓他變得非常有錢。」

「巴克萊雅博士……巴克萊雅博士……」旺柴喃喃唸著。

「我們都覺得這很簡單，只要戴上或貼上某種裝置，人類就能將意識傳輸到虛擬世界。在那邊一切都像真的，但事實上，人類的科技遠遠跟不上想像的能力。人類花了好幾十年，最後都只是熱錢在炒股票，熱錢退去，公司倒閉，真正的技術一直沒辦法做出來。」

「……」綠水瞥了旺柴一眼。

「但是巴克萊雅博士做出來了，對吧？他有技術和專利，他做出了這款遊戲！為了要製作裡面精細的人物和場景，從現實中取材也不是不可能。巴克萊雅博士和我住在同一個地區，那裡最好的學校就是市立遠山高中，我跟我妹都讀遠山高，所以就成了巴克萊雅博士的題材之一！」

所以，他跟妹妹的臉才會出現在遊戲裡，成為NPC的造型。

夜鷹解開了一道謎題，心裡又出現了下一道。

他看向旺柴，「如果遊戲是巴克萊雅博士製作的，你又是博士的什麼人呢？」

綠水將旺柴護在身後，他冉冉飄起，雙手握拳，雙腳踏著綠色光圈。

夜鷹卻沒有拿起武器，他正不斷地思考著，「那個時候……我見過誰……我記得我有經過瘋狂豪宅門口……我經過那裡……跟博士住在一起的有誰？有誰……」

八年前的事，他已經記不清楚了，而且他是那麼想要忘掉過去。

「我好像……見過小孩子？有一個男人帶著小孩子，但我不確定……」

「——啊啊啊啊！」旺柴突然大叫，抱著頭蹲下來。

綠水和夜鷹趕到旺柴的左右兩邊，想要扶起旺柴。

「旺柴？旺柴，你看著我！旺柴！」綠水抱著旺柴的肩膀，心急如焚。

「呃呃呃……我的頭好痛……」

「旺柴！冷靜，深呼吸，冷靜下來，沒事的，我在這裡！」

「綠水，我好像、我好像……看到惡夢裡的男人了……他對我大叫，我好害怕……」

「旺柴！」

夜鷹看到綠水的表情不是騙人的，他是真的關心旺柴。

他與旺柴沒有這麼深的牽絆，甚至都不了解這兩個人，但他卻說了希望旺柴醒過來的那些話，這樣真的好嗎？他突然無法肯定了。

影子在改變……

夜鷹抬起頭，發現天空正急速變化。

太陽升起又墜落，一下是星空，一下是白晝。周圍的建築物好像要崩解了，變成扭曲的線條。

世界好像要崩解了，全因一個人……

這個遊戲裡，從頭到尾就只有一個人！

「不要怕。」夜鷹強硬地拉起旺柴的手臂。

旺柴抬起臉，泛紅的眼眶裡有著淚水。

「我在這裡，你信賴的伙伴都在這裡！」

夜鷹也拉起綠水，他將雙手同時放在綠水和旺柴的肩膀上。他想起自己在執行任務時，遇到生還者也是這樣。不管他說的話會不會實現，但至少，他會用他最溫柔的口吻使人安心。

「看著我，旺柴，看著我。」夜鷹的雙手摸著旺柴的肩膀，捧起旺柴的臉頰，擦掉那些淚痕，讓旺柴看著他。

然後他低下頭，讓兩人的額頭靠著額頭。

他想起很小很小的時候，他也是這樣讓愛哭的妹妹止住哭聲的。

「我找到了你，旺柴。」

「我需要你。」

「我相信你。」

隨著夜鷹的低語，天空不再變化，建築物的線條不再扭曲，綠水詫異地看著四周。

數據穩定下來了。

「我們一起去解開任務謎底，好嗎？」

「……」少年顫抖的睫毛被淚水沾濕了。

「我們是隊友啊！」

「……」

他點了點頭。

做了幾次深呼吸，旺柴緩過情緒，突然覺得有點丟臉，但還好沒有人因此嘲笑他。

綠水和夜鷹都在思考著什麼……

旺柴覺得自己好沒用，他只是腦袋裡閃過一些畫面，就痛得哇哇叫，但他自己也搞不清楚那些畫面究竟是什麼，沒辦法像夜鷹一樣分析得頭頭是道。

「我們需要回到晨光學園一趟。」夜鷹思索良久後開口。

「副本只能解一次，你們已經失敗了。」綠水打槍。

「我記得座標，我們去公會，用傳送器再輸入一次！」

「會有效嗎？」

「你是ＡＩ，你來計算答案。」

# 第九章

# 進化到爛人那一邊了，可憐啊～

三人來到公會總部，嘴上說要使用高速傳送器前往銀河市，但事實上，他們輸入的都是夜鷹給的座標。

旺柴不記得座標，他之前是照著任務單輸入，進到副本後，任務單就變成學生手冊，上面自然也就沒什麼座標，而當他被傳回主城，學生手冊就消失了，真虧夜鷹還記得。

傳送光圈消失後，三人來到通往校門口的小山坡上，他們都沒有被自動裝備「高校制服」。路上沒有ＮＰＣ，校門是關著的。

夜鷹和旺柴爬過校門柵欄，綠水則是用飄的。

之後夜鷹拿出武器察看，狙擊步槍上沒有出現「Lockdown」的小視窗，表示能用。

四周異常安靜。

「保持警戒。」夜鷹道，「我們先到女學生自殺的地點勘查，沒有問題吧？」

旺柴和綠水對看一眼，這是他們第一次被下指令，兩人都覺得有點新奇。

「跟著我。」

三人來到二年級教室樓下，旺柴心裡有點害怕，但預期中應該會有的猩紅一片不見了，夜鷹蹲下來摸了摸水泥地，看起來也不像有沖洗過的樣子。

「夜鷹，我們這樣一路走進來，都沒有碰到任何人，你讀過的是什麼高中，都是這樣子的嗎？」旺柴有點懷念鮪魚肚老師。

「我不確定……我們去頂樓看看。」夜鷹道。

三人在爬樓梯的時候，夜鷹就注意到了，教室裡都沒有人，他不確定這算不算異常狀態，因為也有可能是他們來的這個時間點學生剛好都放學了。

夜鷹打開頂樓的門，一陣強風吹過。

他們都看到了站在女兒牆外的少女。

少女穿著制服，短髮被強風吹亂，她背對旺柴等人，但這次，夜鷹拿出了狙擊步槍。

「夜鷹！」旺柴大驚，他還以為夜鷹會衝上去救人。

「我妹妹已經死了！」

「但她還沒跳下去！」

「不是遊戲裡的妹妹，是我現實世界的妹妹。」夜鷹的眼神異常專注，瞄準了少女的後腦勺，「我妹妹在八年前就死了……」

就在夜鷹即將扣動扳機的時候，少女回過頭來。

「哥哥！」

那一聲呼喚仍舊觸動了夜鷹的心，讓他降下槍口。

「你不來救我嗎？我一直在等你！」

少女朝夜鷹所在的方向伸出手，夜鷹卻駐足不動。

「哥哥，我想活下去，我想要跟你一起活下去！哥哥……」

旺柴看到夜鷹呆滯不動，他不禁想，夜鷹該不會是嚇傻了吧？但總之可以把少女帶下來，也是好事一件，所以他替夜鷹伸出了手。

「妳別怕，我們就是來救妳的……」旺柴要朝少女走過去，但夜鷹突然抓住他的後領。

「我妹妹不會說那種話。」夜鷹的臉僵硬得可怕，「和那些三觀很正的劇情不一樣，我妹妹從頭到尾都沒對我說過她想活著。」

少女緩緩放下了手。

「當人們習以為常的日常崩毀後，不是每個人都一樣堅強。」

夜鷹毅然決然地扣下扳機，子彈飛出槍管。

子彈在空氣中穿梭，畫出螺旋狀的紋路，少女的背後卻長出黑色的尖刺，抓住了射到她面前的子彈。

「你說我錯了，你妹妹不會說那種話，那她會說什麼話？」從少女嘴裡吐出來的是男人的聲音，她不知何時有了一雙高傲的冰藍色眼睛，「我想更了解你……」

她輕鬆跳過女兒牆，黑色藤蔓長在她的腳邊、背後，像黑色的熔岩逐漸把她整個人包住。

黑色熔岩形塑出一張男人的臉，有著纖細的脖子和性感的鎖骨。

熔岩逐漸變成燒焦的碎片，裂痕之中有紅色的火光，當碎片剝落下來後，出現的男人臉龐俊美無暇。

「是伊韓亞！」旺柴大叫。

伊韓亞赤裸的軀體被黑色熔岩覆蓋，表情變得更猙獰可怕了。

「為什麼他每次都在瞪我……」旺柴覺得無辜！他明明什麼都沒做啊！

「這不對勁！ＮＰＣ不可能會變成這個樣子！」綠水很驚訝。

「你現在才發現不對勁，會不會太晚了？」夜鷹難得吐嘈。

「我們要怎麼打敗他？」旺柴問。

「我們可能打不過他……」夜鷹打開物品欄，把傳送卷軸給旺柴，「所以，我建議我們依序逃跑。」

「啊？我才不要沒打就閃了——」

旺柴的話還沒說完，眼前突然閃過一道黑色影子，然後，他聽到綠水的尖叫。

他轉過頭，看到綠水倒在牆角，身上都是黑色黏液。

黑色黏液將綠水整個人往下拖，宛如流沙一樣，改變了頂樓地板的材質。

旺柴和夜鷹都同時察覺到了，整個大樓，不，該說是整個空間都產生了歪斜。

大樓的顏色改變，建築物的線條扭曲，綠水表情痛苦地想爬起來，他的雙手雙腳都發出了綠光，但那一點點的光亮馬上就被黑色黏液吞噬進去。

「我終於知道主人說的『這個世界不是只有你們能看到的程度』是什麼意思了。」伊韓亞走向綠水，覆蓋在他身上的黑色熔岩經過冷卻，變成了黑色的皮大衣。

大衣飄揚的衣襬宛如燃燒的火焰，讓他看起來冷酷又美麗。

「這個世界是由數字構成的，只要更動其中一個代碼，一切都會改變。」伊韓亞抓住綠水的臉，用力一扯。

「嗚嗚嗚嗚！」綠水的嘴巴不見了，他摀著自己的臉。

旺柴能看到綠水從眼睛以下的區塊都變成黑色的，裡面彷彿是一個巨大的空洞。

空洞裡面，正如伊韓亞所說，有數字和符號不斷跑動。

「你跟我一樣，但你卻沒有我掌握的力量。」伊韓亞微微彎下腰，像在憐憫趴在自己腳邊的可憐蟲，他狠狠踢了綠水一腳。

應該有免除攻擊屬性的輔助型ＮＰＣ竟然遭受到這種打擊……旺柴嚇傻了，這個伊韓亞說自己能更改數據，表示他開掛了嗎？他心裡想做什麼，就能做到什麼？那已經遠遠超過一個魔物或是一個任務ＮＰＣ，而是……一個人了。

「住手！不准攻擊他！」旺柴大喊，「綠水是我最好的伙伴，不准你欺負他！」

「他跟我一樣都是ＡＩ！」

「……」旺柴不禁一怔。

伊韓亞笑著張開雙手，向旺柴走過來，「很意外嗎？你以為我們不知道嗎？我們在窮苦的農村長大，卑微低賤地活著，我們長大以後只能成為像我們父母一樣的ＮＰＣ，對玩家來說是舉無輕重的背景人物。但你知道我在冬天外出幹活的感受嗎？我被羞辱、被毆打，直到主人改變了一切，他讓我們能掌握命運！」

「他有叫你殺小孩嗎？」夜鷹知道這是伊韓亞的心結，才故意提起。

他慢慢移動到旺柴身前，想讓伊韓亞將攻擊目標轉向他，藉此讓旺柴逃走。

「你迫害自己的兄弟、害死自己的父親，如果你想當一個有自我意識的進化ＡＩ，那你也是進化到爛人那一邊了，可憐啊～」

伊韓亞瞪著夜鷹，黑色熔岩在他腳下源源不絕，但熔岩急速冷卻，變成沈重的岩石，壓垮了地板。

夜鷹將加速敏捷的藥水傳給旺柴，旺柴使用後，兩人順利跳到了安全的支撐點，旺柴還抓住了綠水。綠水原本被黑色黏液黏在地板上，如今因為地板坍塌，綠水的身體下方沒了支撐，旺柴才能趁機將他撈起來。

伊韓亞也不是塑膠做的，他讓巨大的黑色藤蔓從地底竄出，夾擊正在逃命的三人。夜鷹打開傳送卷軸，讓旺柴前方出現傳送光圈，但旺柴卻撲向夜鷹，讓夜鷹躲過伊韓亞的一根尖刺。

夜鷹想讓旺柴逃走，可是旺柴不想逃，兩人都在對方的眼裡讀出沒有說出口的訊息。

旺柴趴在夜鷹的身上。他至今還沒有因為躲避攻擊而趴在哪個男人身上，那感覺有點新奇但並不討厭。

「我們不會死的，夜鷹，雖然過程可能會很痛，但是血扣到最後一滴，我們就會被傳回主城，我們可以在主城召集其他玩家……」

「沒有其他玩家。」

「什麼？」

夜鷹推開旺柴起身，「這個遊戲裡從頭到尾就只有你。」

「你在說什麼……」

「你會交不到朋友不是你的錯，是因為這個遊戲從頭到尾就只有你一個玩家，不信你問綠水，你以前碰到的冒險者應該也是ＡＩ，只是你分不出來。」夜鷹的口氣變得異常冷淡。

旺柴立刻看向綠水，綠水卻心虛地不願面對旺柴。

「……為什麼……」旺柴覺得背脊都涼了，「怎麼可能……這裡……每個月都會有任務排名啊……定期會更新……」

「只是名單而已，要操作太容易了。」

「為什麼……為什麼？」

「我不知道。」

「夜鷹！」

「我只知道這裡像個美麗的牢籠，有人刻意將你關在裡面，我闖進來後才改變了一切。」

夜鷹重新握好狙擊步槍，雖然不知道有沒有效果，但他把所有激素藥水都用上了，「伊韓亞可以更改程式設定，所以，他也有可能將設定改為扣血扣到最後一滴就直接死亡。」

「……」

綠水不能說話，但他的眼裡充滿恐懼，他緊緊抓著旺柴的手腕，越抓越緊。

「這不在你們的計畫中吧？」夜鷹對綠水道。

「……」綠水低下了頭。

「也許這都是我的錯，是我殺了吸血鬼王。」

「病毒！你有病毒啊！用那個超級開掛的武器一槍幹掉伊韓亞！」

「我只有一顆。」

旺柴都忘了……

「我不後悔用掉它，因為只有殺掉吸血鬼王，我才能接近你。」夜鷹對旺柴微笑，爾後火速朝伊韓亞開槍，但都被黑色藤蔓擋了下來。

夜鷹將武器換成近戰用的短刀，踏著空中殘破的地板，躲過正面襲來的尖刺，他甚至把一截尖刺砍下來，朝伊韓亞踢回去，但伊韓亞都能輕鬆躲過。

即便如此，夜鷹與伊韓亞的距離卻一直在縮短。他進入伊韓亞的核心攻擊範圍內，一躍而起，兩把短刀突然跟從袖口伸出來的金屬片接上，變成長劍，他就在伊韓亞的正上方，伊韓亞卻沒有抬頭看。

伊韓亞太高傲了，他不會抬頭仰望他人，也不需要這麼做。

他的頭頂和背脊全是破綻，夜鷹等的就是這個機會！

突然，鮮血滴落。

伊韓亞看向遠方的旺柴，旺柴與他之間隔了一個大坑洞。旺柴的臉色慘白，但伊韓亞依舊是一雙冷漠的冰藍色眸子，就像他從城牆上注視著這美麗該死的新世界，他也注視著旺柴的反應。

「夜鷹！」旺柴大叫。

伊韓亞冷冷地瞥了男人一眼。

夜鷹被吊在空中，黑色尖刺入他的後頸。

夜鷹從來沒有這種感覺，他知道自己被攻擊了，他卻感覺不到疼痛。伊韓亞的尖刺精準地刺入人體的無痛帶，避開了密密麻麻的表皮神經。

夜鷹的手腳瞬間癱瘓，他能感覺到那一根細細長長的針已經穿過他的皮膚、肌肉、筋膜，變得像一條會鑽來鑽去的蟲，正在深入他的小腦和腦幹。

他完全動彈不得！

「我想知道你是從哪裡來的。」伊韓亞控制黑色藤蔓，讓夜鷹下降到自己面前，「你的身體裡儲存著怎麼樣的數據？」

「啊啊……啊啊啊啊！」

一陣電流刺激，伴隨夜鷹的吼叫，無數個記憶畫面投影到空中。伊韓亞看著畫面裡從來沒見過的景象，驚嘆吸氣。

旺柴也瞪大了眼睛，那些都是他沒見過的……

高樓大廈像銀河市的房子，但又有一點不一樣。汽車、機車、火車、電車，好多人擠在會動的小盒子，交通發達的市中心、十字路口和上下班人潮，旺柴從沒看過在一個地方同時聚集那麼多的人，但又不是花車遊行，那裡沒有飄落的花瓣，沒有美食攤販。

那裡沒有大鯨魚在天上飛，沒有龍和獅鷲，但那裡會有人排隊搭飛機，也有所謂的軍事基地，裡面有戰鬥機和直昇機。

旺柴看到少年時期的夜鷹對著鏡子打制服領帶，他看到桌上堆積如山的參考書就沈重地嘆氣。書桌上貼著升學平安符和上一次模擬考的成績，每一格的數字都很高。夜鷹把成績單撕下來收進抽屜裡，平安符本來也想收掉的，但又擺了回去。

夜鷹揹起書包，走出房門。

他是騎腳踏車上學。

他騎腳踏車經過一間獨棟別墅的時候，穿的已經不是制服，是便服。他看到一個年輕男人牽著一個小男孩出門。

男人有一頭蜂蜜茶色的短髮，穿著素雅的襯衫和薄外套，可能他天生長得比較凍齡，所以他牽著的男孩大約四五歲，個子瘦小，但他看起來才二十出頭，不會超過三十歲。

夜鷹騎著腳踏車離開，到蛋糕店買了一塊小蛋糕，坐在店內的座位，邊吃邊解數學題。

夜鷹騎腳踏車經過公園，看到年輕男人一手拖著菜籃車，一手牽著小男孩，兩個人好像在吵架。小男孩在發脾氣、想亂跑，年輕男人只能硬抓著不讓小男孩跑，夜鷹主動上前，替男人拉菜籃車，兩人講了些什麼，畫面裡沒有字幕和聲音，但從夜鷹的第一人稱視角，旺柴看到那個小男孩有黑色的短髮和深紫色的眼睛。

而且一臉倔強，看起來就是個屁孩！

年輕男人大概是在介紹兩人認識，夜鷹蹲下來，想要跟小男孩握手，但小男孩朝夜鷹踢了一腳，又撿地上的小石頭往夜鷹丟。年輕男人嚇到道歉連連，並用身體護著夜鷹，小男孩反而哭了，年輕男人又得去安撫小男孩，並對夜鷹無奈地笑了笑。

夜鷹坐在教室裡上課。

夜鷹揹著書包去牽腳踏車。

夜鷹坐在教室裡吃午餐。

夜鷹設定手機時間，坐在書桌前解題目時，有一個中年婦女走進來，端了一盤水果給他。

又是設定手機時間，夜鷹坐在書桌前解另一本的題目，一個中年男人走進來，給了他幾張鈔票，拍拍他的背，他卻不發一語。

夜鷹跟著男人走出房間，看著男人拖著行李箱離開。

還是設定手機時間，夜鷹打開了一本書。這時有人敲門，一個短頭髮的少女走進來，要拿書架上的什麼東西，但夜鷹突然爆怒，兩人吵起來。中年婦女過來將少女勸走，房間回歸平靜，鏡子裡的少年卻有一張愧疚的臉。

夜鷹坐在教室裡上課……

騎腳踏車……

吃午餐、吃晚餐、吃早餐……

上課、騎腳踏車、吃飯……

突然，畫面風格變了，一陣雜訊後，鏡子裡的少年不再穿著制服，他穿著防彈衣。

少年的眼神充滿怒火，一拳敲破了鏡子。

他的頭髮長長了，眼神變得冷漠。他來到一個有很多人的地方，這裡的人也穿著防彈衣、揹著槍。

他的頭髮剪短了，脖子上掛著軍籍牌，當他穿上黑色無袖背心的時候，鏡子裡的人已經不是像竹竿一樣高高瘦瘦的少年了，而是個男人。男人有強壯的手臂和自然鍛鍊出來的胸肌、腹肌，手臂上也多了幾條早已癒合的疤痕。

他拿起架子上的狙擊步槍走出房門，他身旁多了幾名隊友，跟他說話、對他笑，他們一起到食堂吃飯，一張長桌旁坐了好多人。

他的眼神變得溫柔，他的笑容變得真誠，直到他拿起槍——

砰！

他扣下扳機，一個男人倒在一個女人身上。

他也倒了下來，躺在骯髒的地板上，看著手掌裡的數位相框，裡面有一家四口的全家福照片。

——這是什麼？

——這些到底是什麼！

旺柴看著夜鷹的記憶畫面看得入迷。尤其是那棟一邊是兩層樓，一邊是三層樓的別墅。別墅的白色外牆上有一大片粉紅色的花，那種花看起來像玫瑰，實際上叫做月季——他是怎麼知道花的名字的？為什麼會有一股似曾相似的感覺？

夜鷹沒有進去過別墅，所以沒有別墅內部的畫面，但旺柴幾乎可以想起別墅的樓梯是深咖啡色的木板，玄關鋪的是黑色地磚。

「在你們的世界，是不是有一種說法……」伊韓亞看著夜鷹，外表慢慢變形，「魔鬼有很多種樣貌，他會變成你們最熟悉的樣子，以此潛入人心……我終於知道我是誰了——我，就是魔鬼本人。」

他變成了誰，只有夜鷹認識。

一陣電流刺激著夜鷹的大腦，夜鷹像個沒有行動能力的嬰兒，放聲大叫。

那聲嘶吼，飽含了八年來的痛苦、憤怒和憤怒。

更多的記憶被挖出來……

「啊啊啊啊——！」

「啊啊啊啊——！」

「不要！不要啊啊啊——！」

在強烈的電流刺激下，夜鷹閉上了雙眼，他覺得全身都在被撕扯，尤其是他的頭。

※

「早安啊，帥哥。」

夜鷹張開眼睛，看到上方有無影燈和好幾雙盯著他的眼睛。

「你是想死還是怎樣？再差個幾秒，你的腦血管就要爆掉了。」

說話的聲音來自一個中年女人，她穿著野戰軍裝、背上揹著槍，指揮著現場所有人。這些人當中，有戴著眼鏡的工程師、穿白袍的醫生，和同樣穿著軍裝、武器不離身的軍人。

「誰有吃的？看在他還沒死的份上，給他吃一點東西！他的模樣糟透了……」

「藍姊，他現在不能進食，只能打營養劑。」軍醫說完，馬上就給了夜鷹一針，還打得非常猝不及防。

營養劑裝在筆型的針劑裡，只要有肉的地方就能插，所以軍醫才插得這麼大膽。

夜鷹全身麻木，唯有那一針的痛覺讓他體會到自己還活著。

「他會持續這樣到什麼時候？」藍姊問。

「快則半天，慢則三到四天，他都會處於暈眩、噁心、肌肉無力的狀態。」

「他可以戰鬥嗎？」

「妳給他一槍，讓他自殺比較快。」

藍姊嘆氣，罵了一句髒話。

「這是惡魔的技術。」軍醫望向放在解剖盤上的連線裝置，搖搖頭。

從外型來看，那只是兩個鈕釦大小的圓盤，但貼著皮膚的那一面有正在蠕動的透明細絲，為了把這兩個小東西從夜鷹的太陽穴上取下來，現場來了三位工程師、一位醫生，花了九牛二虎之力，包括時間、腦力和口水。

「我對虛擬世界沒什麼意見，每個人都想要遇到看起來很清純，實則會甩你一巴掌的性感妹子……」軍醫注意到現場有不少人在看他，只好改口，「咳嗯……我負責監測夜鷹的生理跡象，他的血壓、脈搏都超過正常值，表示他正在受到什麼刺激，但這股刺激不是現實中發生的……」

軍醫抿了抿嘴唇，試圖解釋。

「通常，我們的大腦會分泌各種激素，激素透過循環系統跑到全身各處，所以我們可以在危急的時候做出反應，或是專注在某一件事情上。但夜鷹的狀況……就像他的大腦一直處於高壓狀態，激素大量分泌，但身體卻沒有相對的反應——大家都可以看到，他就是躺在那裡——他的全身堆積了這些應該被消耗的能量，所以他的血壓會不斷被升高、心跳很不規律……現在那些刺激大腦的激素都停下來了，他會有一段時間都處於突然掉下來的高低落差中。」

「但他沒有生命危險了？」藍姊問。

「是的。」

「謝謝。」藍姊對軍醫道，表示軍醫可以離開了。

軍醫提起公事包走人，三個工程師也急忙收拾好筆電，跟在軍醫後面。

只見藍姊眼神一變，揹著槍的弟兄們才不管夜鷹是不是頭暈噁心，一把把人從躺椅上拉下來。夜鷹狼狽地趴在地上，用兩條手臂撐著地板，不斷乾嘔著，突然有人朝他的臉踹了一腳，他吐出一口血。

藍姊蹲下來，抓著夜鷹的頭皮。夜鷹看不清楚藍姊的臉，因為他仍處於軍醫說的「副作用」中，但他的聽力沒有受損，他能辨別出人聲、腳步聲，甚至從聲音辨別出現場有幾個人……

藍姊拿出手帕，替夜鷹擦掉鼻血和嘴角的血。

「這是你最後的機會，夜鷹，告訴我們那天發生了什麼事，為什麼你要殺自己的隊友？你都不說也不認罪，直接跑出基地，我們還要組織小隊出來找你，你知道我們為你浪費了多少時間嗎？」

「妳怎麼知道是我做的？妳有證據嗎？」

「沒拿過槍的嬰兒才不知道是你！」一名軍人揍了夜鷹一拳，又害得夜鷹趴在地上乾嘔連連，「誰不知道你是第八團最好的狙擊手，只有你才有一槍斃命的本領！」

「是嗎……連你也讚嘆我的本領啊……」夜鷹的嘴角忍不住勾起，白牙裡都是血絲，他抓住一把最靠近他的槍管，往上一頂，槍托就打到它的主人。

夜鷹瞬間爬起來，從年輕的軍人手裡搶到一把步槍，他用堅硬的金屬槍身擊打靠近他的軍人，即使他的視線尚未完全恢復，眼前只有模糊的人影，但戰鬥經驗和天賦的差距讓他快速搶到武器，並用敲擊、撞擊的方式，不耗費一顆子彈就打暈三個人。

五人小隊裡已經有三人倒下，剩下兩人都準備對夜鷹開槍，但他們必須有藍姊的指令，夜鷹似乎也察覺到了這點，所以他始終沒有扣下扳機。

藍姊退後，點起一根菸。

剩下的兩人叫來支援，在外面待命的小隊中有四個人衝進來。

於是，在這個骯髒、狹小的實驗室裡，有六個軍人全副武裝，手上都拿槍，指著一個憔悴的男人。

男人手上也有槍，但是這六個軍人是以半圓形的陣式包圍他，可說是隨時都能將他打成蜂窩，而且這六個軍人都有穿防彈衣，男人還沒穿呢！

六比一，反而是人數多的那一邊透露出恐懼。

藍姊吐出一口白煙，覺得這真是太可笑了。

「要多少年、多少場戰鬥，你們才能取代夜鷹？嗯？」藍姊悠悠地開口，「怎麼會有人蠢到拿槍靠近他？你們以為夜鷹現在喪失了視力，一副要死不活的樣子，他就沒辦法殺人了嗎？我告訴你們，只要我下一聲下令，夜鷹可以在十分鐘之內擺平你們！」

藍姊踩熄菸蒂，用眼神一指，那四個剛進來的軍人便把三個負傷倒地的同袍扛走。

其實，藍姊對這個突發狀況是有點不高興的，但誰叫她帶的都是新人呢？老手根本不願意接這個任務，只剩下搞不清楚夜鷹實力的新人還能被她唬個一兩句。

她也不是不能體會大家的感受。

軍人講究團結與服從，在基地裡是社會地位最高的群體，但在這樣的群體之中，卻發生了蓄意槍殺同袍的命案，犯人還是大名鼎鼎的夜鷹，肯定讓崇拜夜鷹的小子們玻璃心都碎了。

「夜鷹，我們在現場找到了你的子彈，這些事都是發生在你躺進虛擬世界之前，你還記得嗎？」藍姊走上前，指著夜鷹的槍口紛紛放下。

「妳是說在屍體的腦袋裡吧，藍指揮官？」夜鷹也放下了槍。

「告訴我發生了什麼事，我可以幫你。」

夜鷹面帶微笑，雖然腦袋天旋地轉，但他的視力正在慢慢恢復，他可以看清楚所有人，他記得這些人的名字。

他記得自己是誰。

他是ＨＵＣ維和部隊第八團的狙擊手，代號：夜鷹。

「如果時空倒轉……」

「你說什麼？」因為夜鷹的聲音太小了，藍姊不得不傾身向前。

「我說，如果再給我一次機會，我還是會把子彈打進他們的腦袋，一人一發，不多不少。我很抱歉，藍指揮官，妳弟弟死在我手裡。」

「不是親弟弟，是表弟。」藍姊更正，「夜鷹，你認罪嗎？你承認你殺了我表弟？」

「我不認為我有罪。」

「你不正常，夜鷹，你腦袋不正常了！」藍姊拿走夜鷹手上的槍，「只有想死的人才會躺進虛擬世界。」

她指揮旁邊的軍人幫夜鷹戴上塑膠手銬，「帶走！」

「藍姊，我找到『他』了！」夜鷹沒有抵抗被逮捕的事實，但他一邊被拖出實驗室，一邊大吼：「我找到他了！我找到他了！」

藍姊突然感到一陣心煩意亂，她衝上前，在夜鷹剛被帶出門的時候，拔出腰帶上的軍用短刀，刺在夜鷹的肩頭。

夜鷹停止了聒噪。

「喂喂喂！」在外面等待的軍醫，看到傻眼，「你們叫我救活他，現在又給他一刀，是想怎樣？」

「現在他必須躺個三到四天了。」藍姊道。

「？？？」軍醫滿臉問號。

夜鷹被押上車。

他們出動了十名軍人、一位高階指揮官、一名隨行醫生，後來發現沒辦法強行將夜鷹從虛擬世界分離，不然他可能會直接死掉，所以又追加了三位資深工程師，這算是很高規格的押送了。

「能戰鬥的夜鷹對我們來說才有價值。」藍姊讓其他人先上車，單獨對軍醫道。

軍醫還是搖頭，「你們幹嘛非得把他抓回去？他回去是死刑，他躺在虛擬世界裡，躺到最後也是死。也許人家是想死得快樂一點，幹嘛不成全他呢？」

「那不是我能決定的。」

「他是夜鷹，他可以殺掉我們所有人，繼續逃跑。」

「是啊……」

「那他為什麼不這麼做呢？」

「因為他是夜鷹。」藍姊語氣無奈，拍了拍軍醫的肩膀。

必須上車了。

# 第十章

# 再也不要壓抑了

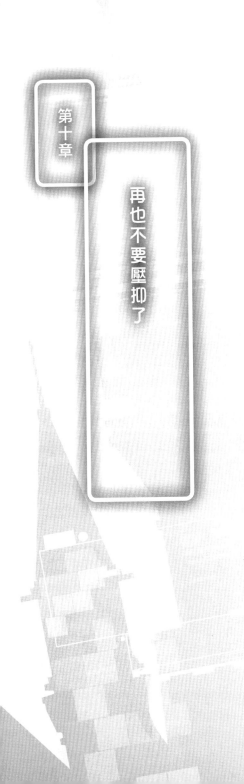

夜鷹突然消失後，伊韓亞面前吊著一根黑色尖刺。

伊韓亞不懂這是怎麼做到的，眼裡充滿了疑惑，也閃爍著好奇的光芒。他碰了碰那明明由自己控制的尖刺，想從那上面擷取殘留的訊息。

旺柴的眼神卻變得十分堅定，「綠水，我想起來了。」

「……」綠水擔憂地望著旺柴。

「那間房子、那個男人……我終於想起我是誰了。」旺柴的眼神有些空洞，但他轉頭，看向巨大坑洞對面的伊韓亞，那底下就是深淵，臉上依舊毫無畏懼。

有一句話是「當你凝視深淵，深淵也將凝視著你」。

「我一定要過去。」

「嗚嗚……！」綠水抓住旺柴的衣領，用力搖頭。

「這是我的命運。」旺柴將綠水帶到一個安全的角落，綠水仍抓著他，像一個永遠不讓孩子走遠的媽媽，旺柴只好一根根扳開綠水的手指，「我不會有事的。」

旺柴跳上一根斷裂的柱子，把手伸進口袋，在裡面摸到一個小盒子。

他拿出盒子，打開，裡面是打贏吸血鬼王之後，總督貓頒給夜鷹的戒指。

一定是夜鷹偷偷放進他口袋裡的。

旺柴看著那個戒指，塞在猩紅色的軟墊裡，紅色寶石裡彷彿有岩漿在流動，他拿出戒指，套在自己的無名指上，剛好吻合。他丟掉盒子。

伊韓亞察覺到旺柴的轉變，又瘋狂生長出黑色尖刺，大舉朝旺柴進攻，但旺柴連閃躲的意思都沒有。

「伊韓亞，你說你能修改遊戲數據，你怎麼知道我不行？」旺柴大喊。

只見他手指一彈，原本要刺向他的黑色尖刺全都變成了軟趴趴的鮮花。

旺柴的眼睛連眨都不眨，讓伊韓亞疑惑極了。

「我知道你是誰了，伊韓亞。」旺柴踏著破碎的石塊助跑，跳了出去。

他張開雙手，看似墜落，卻飛過底下的巨大坑洞，乘著突然吹起的旋風來到伊韓亞上方。

伊韓亞氣急敗壞地射出尖刺，但旺柴全都當作沒有看見，黑色藤蔓巧妙地穿過旺柴的身體縫隙。與其說旺柴在閃躲對方的攻擊，不如說伊韓亞的視覺已經出現歪斜現象，他無論怎樣都不會打中。

旺柴張開雙手，飛向伊韓亞。

他抱住了他。

「你就是我！」

「……」伊韓亞急促地吸氣，但他被旺柴抱住了上半身，動彈不得。

「我們都想成為『他』。」

伊韓亞想推開旺柴卻做不到，他只好從自己的背上長出尖刺，就像惡魔的翅膀。翅膀蓋下來，黑色的骨頭刺進旺柴的背後，讓旺柴瞬間感到嘴裡有一股血腥味，但他忍住了。

旺柴沒有看到，但綠水看到了，他的背後被刺出了好幾個洞，每一個洞都在流血。但旺柴抱緊伊韓亞的雙手沒有放開。

他絕對不能在這時候放開！

伊韓亞想推開旺柴，他抓住旺柴的肩膀、抓住旺柴的脖子，從他手裡滲出的黑色金屬液體從旺柴的皮膚滲透進去，將脖子一帶的血管都染黑了，但旺柴還是不放手。

「你就是我，伊韓亞，這裡的全部都是我！」

旺柴在伊韓亞的耳邊說話，他的頭髮變長、變成黑色，他的眼睛原本就是深紫色，鼻梁和下頷都沒有變動，眼眶形狀也沒有改變，但他穿著灰色的皮草大衣，變得像吸血鬼王，使伊韓亞嚇得全身一顫。

「這段時間辛苦你了。」旺柴摸著伊韓亞的臉，以額頭靠著伊韓亞的額頭，看著伊韓亞的臉逐漸變成他……

唯有一雙冰藍色的眼眸，蓄積著難以掉落的雪花。

伊韓亞抓住旺柴的那隻手正好是右手，旺柴就摘下左手無名指上的戒指，套在伊韓亞的右手上。

「我認為，這是要給你的。」旺柴道。

伊韓亞看著自己的手指，又看到變成吸血鬼王的旺柴，雙眼閃爍著不可置信的光彩。

這時，伊韓亞的臉、手臂、全身開始出現不規則的裂痕，裡面透出光芒，彷彿一顆即將破繭而出的……不管是什麼，伊韓亞身上的光芒越來越亮，越過了坑洞，綠水簡直快張不開眼睛了。

他抬起手臂擋光，還必須瞇著眼，因為實在太刺眼了，但他從瞇眼的縫隙裡看到旺柴從吸血鬼王變成瑪摩塔的模樣。

一身白紗的瑪摩塔，能安撫靈魂，將它送至遠方，此時的旺柴也有同樣的能力。

旺柴接住倒下的伊韓亞，他的雙手彷彿抱著熾熱的火光，他將靈魂送至遠方，與思念的人團聚。

※

巨大的爆炸聲響起。

從黑暗裡，探出了一雙手、一雙腳。

手腳的主人——一名黑色長髮的少年從維生艙裡爬出來，跌坐在地上。

少年的長髮幾乎快蓋住了自己，他大口喘氣，在黑暗中露出一雙紫色的眼睛。

房間的燈慢慢亮起，一個ＡＩ人形影像緩緩飄過來。

「小主人。」

少年聽到聲音，抬起頭。他的身上還有一堆電線，這些電線全都連接到維生艙裡，並透過神祕的晶片，貼在他的雙手、雙腿、背脊、腹部……幾乎全身。

少年先扯下貼在左右兩邊太陽穴的連線裝置——鈕釦大小的圓盤，他從貼著皮膚的那一面拉出長長的細絲，但當他完全扯下來後，他的太陽穴並無傷口。

鈕釦圓盤掉在地板上，地上已經積了一層厚厚的灰。

少年再慢慢把雙手、雙腳的電線扯掉。

「您會覺得頭暈、噁心、想吐、搞不清楚自己在哪裡、想罵人、想生氣，這都是很正常的反應，請不要慌張。我會準備好維持您生命所需的物品，請控制好自己的情緒。」

「什麼是……維持生命所需的物品……？」少年一開口，就聽到自己沙啞的聲音。

「食物。」ＡＩ答道。

「……」

「您已經在維生艙裡躺了八年。原本主人是設計成能夠使用一百二十年，但……該怎麼說呢……」ＡＩ人形影像聳了聳肩，「你把硬體打壞了。你破壞維生艙，自己從『美麗新世界』

跑出來了，主人沒有告訴我萬一發生這種情況該怎麼辦，我只能自主推測……您睡醒了，肚子一定很餓。」

「……」訊息量太多了，少年呆坐在地板上。

「小主人？」

AI人形影像飄到少年面前，少年看到「它」有一張精緻的臉蛋、墨綠色的短髮，穿著白色長袍，前胸後背戴著閃閃發亮的珠寶。

——真的好閃！

「你是綠水嗎？」少年虛弱地問。

「是，也不是，因為在這個世界，『綠水』同時也是另一個人的名字……」

順著綠水指的方向，電燈全部亮起。

少年將肚臍上的最後一條電線拔掉，慢慢站起來。

他的腳步很不穩，像一個孩童蹣跚學步，但他將雙手伸在身體前方，當作平衡。

他恢復得很快，越走越穩。

少年走近一個靠牆的架子，上面擺了書和一些箱子，其中在與視線齊平的那一層有一個相框。相框裡是一個年輕男人抱著一個小男孩，兩個人都笑得很燦爛。年輕男人蹲著，小男孩站著，背景是月季花牆。

少年認出他們是夜鷹記憶裡的那兩個人。

「這就是我，對吧？」少年摸了摸那個笑瞇著眼的小男孩。

不知道為什麼，他很想哭。

有太多理由讓他落淚了。

「這個人……」少年摸著相框裡的男人，不小心讓相框掉在地上。

相框表面的玻璃破掉了，綠水蹲下來，卻沒辦法將照片撿起來。因為在這個世界，他只是一個虛擬的影像。

就像靈魂。

他是一個沒有軀殼的靈魂。

「沒關係，我來。」少年撿起相框和照片，玻璃已經破掉了，他也沒辦法。他把相框放回原處。

「小主人，他是您的養父，張綠水。您還記得嗎？」

少年點點頭，他的記憶正在慢慢恢復。

「我和他的名字都叫綠水，所以，建議您另外為我取一個名字。」

「那為什麼當初創造你的人要叫你綠水？這不合理吧？」

「……」ＡＩ影像沈默了。

「綠水，我還是叫你綠水，你可以叫我旺柴，我們還是可以像以前一樣。」

「真的嗎？」

「當然是真的，有何不可呢？」

「旺柴！」綠水撲向旺柴，但因為他已經抱不到旺柴了，就從旺柴身上「穿」了過去。

旺柴噗哧一笑，因為他看綠水好像也很不適應這個「身體」。

「這樣才像你嘛……我以為你死了，我也死了，還以為這裡是地獄……不然為什麼我的身體這麼沈重呢？」

「因為那是人體的重量。」綠水小心翼翼地將自己的手掌貼著旺柴的手，看起來就像他牽著旺柴一樣，「那是生命的重量……」

旺柴看著自己的手指，他完全感受不到綠水的觸碰。這裡跟美麗新世界一樣，可以依照他的意願來活動身體，他的身體還是自己的，卻有點不真實。

「這裡就是夜鷹說的現實世界嗎？」

「很遺憾，是的。」

「我完全不了解這個世界，我連現在是幾月幾號都不知道。」

「現在是二〇七七年三月十九號。」綠水馬上回答。

「你說我睡了八年？」

「是的。」

「什麼樣的人會把我關在遊戲世界裡八年？他還設定了一個維生艙，可以運轉一百二十年！他想把我關一輩子嗎？」

「……是的……」綠水不得不回答事實，「他說，這樣對你、對我們這個世界都好。」

「為什麼？」

「他沒有直接告訴我答案，但我有當年的紀錄影像。」綠水開啟檔案裡的紀錄，投放給旺柴看。

畫面以全息影像呈現，旺柴看到一個頭髮灰白的男子抱著一個小男孩，放進剛才被他打壞的維生艙。

小男孩呈現昏迷狀態，所以他完全沒有反抗，也不知道迎接自己的會是怎樣的未來。男子將男孩身上的衣服脫掉，把電線上的晶片貼到男孩身上，最後，他將連線裝置貼在男孩的太陽穴。

「我記得他，綠水……他就是出現在我惡夢裡的男人！一個性格扭曲的老頭，一直對我大吼……」

旺柴沒有注意到因為他的情緒產生波動，周圍開始有東西漂浮起來，但綠水注意到了。

「旺柴！」綠水沒辦法碰到旺柴，所以他沒辦法碰或是拉一下少年的手臂，提醒少年控制自己的超能力。

旺柴咬牙切齒，他的頭髮都飄起來了，簡直是怒髮衝冠。

『我是為你好，我都是為你好啊……可是我失敗了……』灰髮男一邊說話一邊啜泣，『這樣對你、對我們這個世界都好……』

旺柴不懂這有什麼好哭的，因為他現在正在看一個男人把孩子囚禁起來的畫面，他只感到憤怒。

『我希望你幸福快樂……』男人俯身，親了一下男孩的額頭，『我愛你，萬尼夏。』

維生艙關閉，灰髮男啟動程式。

當一股強烈的電流從連線裝置打進男孩的太陽穴時，男孩全身抽動了一下，但很快就不動了，儼然已陷入長眠之中。

灰髮男在維生艙上趴了一會兒，起身設定好「綠水」的程式。

他擦乾眼淚，準備離開，並鎖上厚重的隔離門，一張長臉消失在門後。

記錄結束，畫面消失，旺柴望向那道門，那也是這個房間唯一的出入口。

「我想起他是誰了。」旺柴頭上的一盞燈爆開，「他是我的父親，巴克萊雅博士，我叫做萬尼夏．巴克萊雅……」

旺柴看著自己的雙手，上面匯聚了能量。

他不知道自己是怎麼做到的，他不用開啟物品欄、不用購買技能書、不用解任務賺錢，那股能量就已經蘊含在他的體內了，他只要伸出雙手、動心起念……他的雙手就有令人睜不開眼睛的白光，就像從伊韓亞體內爆發出來的那樣。

白光像熊熊燃燒的火焰，他卻不覺得熱。

他什麼感覺都沒有……

身體不冷也不熱，沒有刺痛感、沒有任何不適應，好像這源源不絕的能量本來就是屬於他的，它無法被壓抑，更無法被關起來。

他覺得現在的自己無所不能。

「是什麼樣的變態，會想要把自己的孩子關一輩子？」

「旺柴！」綠水心驚膽跳，因為少年的身邊憑空出現一股混雜的電流，宛如有人將雷電收集起來，匯聚到瓶子裡，而少年此時就握著那個瓶子！

「他在哪裡……他們在哪裡？我有兩個爸爸，巴克萊雅博士和張綠水，他們在哪裡？」

少年的表情跟盛怒中的伊韓亞簡直有八成像。

「在哪裡！！！」

他覺得自己像個高壓熔爐，不斷被擠壓、被擠壓，如果沒有釋放，他一定會爆炸。

所以他就爆炸了。

他不再壓抑自我，把這股壓力釋放出來，一股紫色的電流以他為圓心，燒毀了電燈電路，燒壞了「美麗新世界」的伺服器機房，炸開了厚重的隔離門。

隔離門整片倒下來，後面是一道往上的樓梯。

黑暗中亮起白光，少年稍微冷靜下來了。他手上握著一顆光球，踏出往上的第一步。

「他變得更強了……」綠水的虛擬影像有一點被影響，身上出現雜訊，但很快就平息，「這八年的沈睡沒有削減他的能力，反而讓他變得更強了……」

綠水偵測不到其他主人的存在，如果萬尼夏發現了真相……如果萬尼夏沒辦法控制自己，這裡也不會有人能阻止他。

到時候，該怎麼辦？

綠水望著樓梯，他不知道自己該不該上去，因為他是一個ＡＩ，是為了在「美麗新世界」裡輔助萬尼夏而被創造出來的，但現在已經沒有什麼「美麗新世界」了……

「綠水！」

在黑暗中，綠水聽到了旺柴的聲音。

「你在幹嘛？快點好嗎？」

綠水疑惑眨眼……

「呃……我剛剛那一招不會把你打壞了吧？」少年從樓梯上折了回來。他舉著一顆光球，一臉歉意，「抱歉，我不知道要怎麼控制……我覺得有點怕，你可以跟我一起上去嗎？」

「嗯，當然可以。」綠水擦了擦眼角，明明他是不會流淚的，因為他是ＡＩ，但他就是想做這個動作。

※

Humanity United Community，人類聯合社區，簡稱ＨＵＣ，是八年前世界毀滅後，重建速度最快、最有秩序的一個組織。

他們之所以會選用Community（社區）這個字，是因為組織裡有來自世界各地的人，他們有不同的人種、不同的性別，這些人廢除了國家的隔閡，互助合作，就像一個社區。

但是，ＨＵＣ如今的壯大，使它開始像一個國家。

ＨＵＣ有自己的領土、人口、權利，有的是重建以前的房屋、有的是新蓋的，因此，與其說ＨＵＣ是一個由生還者建立的社區，不如說，它是一座城市。而且，這座城市還因為人口飽和與居住空間需求的提高，正在向外擴張中。

在ＨＵＣ裡面，人人都有投票權，人們投票選出議員，議員組成議會，組織裡的重大決策都必須交由議會審核、同意。

注意，是「重大決策」。

在亂世裡，武力永遠是最占優勢的一種能力，有武力才能搶到或保護、生存所需的物品。因此，掌握武力的軍人一直都在ＨＵＣ裡享有較高的社會地位，他們吃得好、睡得好，宿舍都是單人房，是一個幾乎獨立於議會監督的群體。

世界毀滅後，很多地方斷水斷電，出現未知怪物。世界毀滅的原因至今依舊不明，有人說是超能力者搞的，有人懷疑是核電廠爆炸，才讓土地受輻射焦灼，農作物都長不出來，野生動物變異。

但不論理由是什麼，一個生存據點隨著人口不斷增加，就會有居住空間和糧食的需求。軍人就擔任著日常守衛、據點擴張、救援生還者等工作，這些工作都是要到城外親自面對怪物，讓自己的性命暴露在危險之中。

夜鷹就是在這樣的體系中出來的，他參與過多次救援任務，在ＨＵＣ裡小有名氣。

沒有人知道夜鷹的本名，沒有人敢問，許多人都在八年前都失去親朋好友，因此都為自己取了「代號」，和過去切割。

夜鷹的案件是近年來最受矚目的案件之一，因為軍人謀殺軍人在軍紀良好、福利待遇都好的ＨＵＣ裡不曾發生過。

夜鷹被帶回基地後，被安置在一間單人房裡。他有點意外，因為有一堆老兵新兵都想欺負他，他還以為自己會被塞在儲物箱。

託藍姊的福，他在床上躺了三天，但是也暈了三天，每天都有軍醫過來換藥。軍醫對他進去的虛擬世界感到很好奇，但他什麼都沒說。白天會有人送一次餐，一次的份量就足夠吃一整天了，還有附水果。

房間內有監視器，但夜鷹不在乎，他就穿著一條內褲躺著。牆壁上有一個螢幕能與外界聯繫，每天都會有人問他要不要認罪，他還是躺著。

第四天，藍姊衝進來了。

「他媽的，你給我穿上褲子！」

藍姊抓著一條長褲，往夜鷹甩下去，夜鷹被布條打到很痛。

「坐在監視器前面的都是十六歲的小妹妹，你有點良心好不好？」

「把十六歲的抓過來當兵，你們才要有點良心！」夜鷹嗆歸嗆，卻還是從床上坐起來，穿上藍姊丟過來的長褲。

「人家是實習生！誰叫你是最佳的負面教材，不然你要一群叔叔阿姨不去外面作戰、不去商討決策，特地過來看你的裸體秀嗎？」

「我以為監視我的都是軍官，高階軍官。」

「……」藍姊翻了個白眼。

夜鷹穿好長褲，順便連上衣也穿上。他用眼角餘光瞥著藍姊，氣氛很尷尬。

「即使你不認罪，判決還是會下來。」藍姊背對夜鷹，看著門的方向。

「我知道。」夜鷹平靜地道。

「我跟我表弟的關係不是很好，但他還是我的親戚。」

「我很遺憾。」

「你為什麼要殺他？」

「我不能說。」

「即使我把監視器關掉也不行？」

「妳關了？」

藍姊看著手腕上的智能錶，「你還有三分鐘。」

「我找到萬尼夏了，他可以讓世界變回原狀！」夜鷹馬上來到藍姊面前，藍姊卻搖頭，一副夜鷹很不受教的樣子。

「你不說自己是無辜的，卻要說這個？」

「這不是更重要嗎？」

「我們偵測到北方有超能力者，原因不明，但他們打起來了，這就是接連好幾天北方的天空都有極光的原因，我們只希望他們不會南下。」

夜鷹知道，HUC的立場一直都是反對超能力者的，因為超能力者的數量稀少，無法與之溝通，每個都像任性的孩子耍大刀，十分危險。

「判決什麼時候下來？」

「你的案子交給議會裁決了，快的話一兩個星期，慢的話會拖上兩三個月。」

「不都一樣是死刑嗎？」

「死也要死得適得其所、物盡其用。」

藍姊走後，夜鷹又躺回床上。

他想起旺柴，不知道他有沒有從伊韓亞手中逃走？

旺柴應該還留在遊戲裡吧，因為那裡有一個專門讓他忙東忙西的NPC綠水。夜鷹看得出來綠水就是專門找事給玩家做的，他的任務就是讓旺柴的注意力留在遊戲裡，但是為什麼呢？為什麼要創造一個遊戲，把旺柴關在裡面？這點讓夜鷹百思不得其解。

毀滅世界的魔王是什麼樣子？夜鷹沒預設立場，但他以為自己會遇到一個很難溝通的人，沒想到旺柴天真活潑可愛，那沒有被現實世界的血腥汙染的眼睛，太好看了。

為了讓旺柴取信於他，他一定要幫旺柴完成任務，也就是殺掉吸血鬼王，這樣他才有後續跟旺柴互動的機會。

但是，他覺得好像有哪裡不對勁……

軍醫一共來過四次，每次都偷偷問他連線裝置是從哪裡弄來的？軍醫叫它「惡魔的技術」，又一副很想進去遊戲世界的樣子。根據軍醫從工程師那裡打聽到的情報，那種形狀小、電流傳導性非常強，可以將人類的意識抽離、植入虛擬世界的技術其實還在實驗階段，還沒開始量產，世界就毀滅了，所以就成了遊戲界的神話。

夜鷹以前會玩遊戲，那是他在讀書之餘唯一的消遣。雖然他沒有玩過能進入到虛擬世界的遊戲，但當他真正進到「美麗新世界」後，他很快就上手了。他會找到連線裝置，也就是那神祕的黑科技，要從一宗命案說起。

夜鷹槍殺了隊友的事在軍隊裡人盡皆知，報案的是跟他們一起出任務的通訊兵。那時是晚上，一共四個人出任務，晚上通常會有一個人留守營地，但通訊兵遲遲不見另外三個前輩過來交接，就去找他們，並發現夜鷹殺了另外兩人。

通訊兵緊急聯絡基地，基地馬上派增援，逮捕夜鷹。

夜鷹沒有反抗，但是也不說話，完全行使緘默權。

屍體的解剖報告出來後，子彈經過比對，確定都是從夜鷹的槍射出，一人一發子彈，全部一槍斃命。報告出來的當晚，夜鷹就跑路了。

夜鷹的想法很簡單，他想活下去。

跑出基地不是難事，問題是，要去哪裡？

城外有變異怪物，食物不好找，人類才會聚集在一起，提高防禦力與生產力，而他離開HUC，就等於離開了保護傘。

夜鷹的想法還是很簡單——回家看看，於是，他就回到了遠山市。

遠山市沒有人成立生存據點，如今已是廢城。夜鷹一踏進遠山市的馬路，電子錶就收到不明訊息，叫他去XX科技公司，有好康在等你。

夜鷹一開始以為是廣告簡訊，但自從世界毀滅、通訊網路都斷線後，他就沒有收過這種東西了，他好奇地回覆，對方也回傳了。

幾段文字往來，夜鷹發覺對方可能是一位超能力者，因為對方提到在遊戲世界裡能找到萬尼夏，因此，發信者可能來自超能力者友善組織，或他本身就是一位超能力者。

夜鷹起初不太想淌這個渾水，但在空無一人的鬼城中，有人可以跟你線上聊天的感覺實在太棒了！

於是夜鷹就去了，找到了那小小一顆的連線裝置。

『到時候你想要怎麼辦呢？』對方問。

『他毀了我的世界，他有責任要修好它。』夜鷹寫道。

現在回想起來，他會找到連線裝置、進到「美麗新世界」全託那則神祕簡訊的福，但每則簡訊都在他打開後十分鐘自動銷毀。

夜鷹如今不可能把簡訊當作證據，只能回想起發信人的名字。

「叫什麼……好像是一種動物……」夜鷹躺在床上，喃喃自語，「不對，是鳥……他的信件尾端都有黑色的鳥……」

黑色的鳥……烏鴉……

不，是渡鴉！

「他的暱稱還是代號之類的叫渡鴉，他是駭客嗎？嗯，好像是，但為什麼他會在那裡？他沒有投靠任何組織嗎？」

夜鷹入侵美麗新世界用的干擾程式，就是渡鴉給的。

R-A-V-E-N，渡鴉的英文是 Raven，英文發音近似……

「雷文。」夜鷹脫口唸出，因為他覺得自己好像在哪裡聽過這個名字。

在哪裡呢……

——『**他殺了我們的兄弟瑪摩塔！雷文被他氣走了，他下一個目標就是我！**』

夜鷹想起阿格沙跟吸血鬼王告狀的時候。

——『**伊韓亞主掌十七個鄉鎮的人口和稅收，雷文負責守衛……**』

瑪摩塔也說過！

夜鷹嚇得從床上坐起，不會吧？不會這麼巧吧？雷文是吸血鬼王的養子之一，難道跟他傳訊息的人是ＡＩ？而且是吸血鬼王的兒子？

這位吸血鬼王到底是……

夜鷹現在才想到，自己還不知道吸血鬼王的名字。

# 第十一章

# 碎片

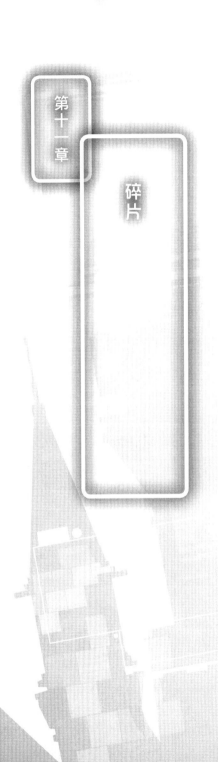

「旺柴！」

綠水在少年身後叫著。

在黑暗中的蜿蜒樓梯到底有幾層，旺柴已經搞不清楚了，但越靠近地面，他越走越快。旺柴赤裸雙腳，身上只有披一件在實驗室裡找到的白袍，他轟開樓梯盡頭的金屬門，發現自己來到別墅的庭院。

庭院的圍牆很高，上面有防盜刺。

地上都是落葉，明明是三月，卻沒有植物冒出新芽。

旺柴打開別墅的後門，一進去就是廚房，從廚房直走是飯廳，右轉是客廳，從客廳直走就是玄關和樓梯。綠水不知道旺柴要走到哪裡，但旺柴的腳步很快，他看都不看飯廳和客廳，直接走到了玄關，直至看到咖啡色的木頭樓梯和黑色地磚才安心。

「旺柴？」

「我記得這裡……」

旺柴蹲下來，把玄關的鞋櫃打開，裡面留有他以前穿過的鞋子，但都是兒童的尺寸，他現在早就穿不下了，只好拿大人的拖鞋出來穿。

旺柴走回客廳，發現玻璃窗都碎了。

不只是客廳，飯廳和廚房的窗戶也是。

旺柴看到客廳的壁爐上掛著一幅結婚照。照片裡有兩個男人，都穿著白色西裝，兩人一前一後，站在後面的人抱著前面的那個人，他不怎麼笑，但前面的人笑著很開心。前面的男人握著後面男人的手，放在自己的胸口。

他就是張綠水。

旺柴走到一張猩紅色的地毯上，仰望那張結婚照。

張綠水看起來比巴克萊雅博士年輕，但也有可能是臉看起來比較凍齡。他的頭髮是溫暖的蜂蜜茶色，眼睛是綠色，前胸後背都戴著寶石項鍊，浮誇至極。他身後的巴克萊雅博士則穿著簡潔的白色西裝，身上沒有首飾，頭髮有些灰白。

綠水飄到旺柴身邊，「想起什麼了嗎？」

「……」旺柴呆望著。

「同性婚姻很早就在這個國家通過立法了。張綠水和巴克萊雅博士結婚後，他們從孤兒院領養了你。」

「在我的記憶裡，我的兩個爸爸一直在吵架。」旺柴的手掌浮現綠光，像阿格沙在回憶小時候一樣，叫出了當年的記憶殘像，「我從來沒看過他們像照片一樣擁抱。」

「旺柴……」

「你知道為什麼嗎？」

「這……我不好說……」

綠水沒想到旺柴有這種能力！畫面不清楚，也沒有聲音，只有兩個模糊的人影，但是能從他們的手勢和激烈的嘴型來推斷，這兩人確實在吵架。

「我記得，我現在都慢慢想起來了。」

或許記憶本來就是儲存在人腦中，只是小孩子不懂，長大了也沒有適當的刺激帶動回憶，那記憶就永遠塵封在心裡了。

旺柴的超能力覺醒，連帶記憶也被刺激復甦了。

「張綠水想把我送到附近的幼稚園，巴克萊雅博士不想。他們以為我聽不懂，就在我面前吵架。最後，我還是去上幼稚園了，但是都沒有人要跟我玩。老師叫我主動一點，是我自己不主動過去的，但事實不是這樣，不知道為什麼，大家都知道我沒有媽媽，他們故意不理我，我也不想拿熱臉貼他們的冷屁股。」

旺柴的頭髮微微飄起，但很快，他讓周圍的異樣電流平息。

「回家後，我問張綠水，我可以叫你媽媽嗎？」旺柴突然轉頭，問綠水：「你知道他怎麼回答嗎？」

綠水搜尋房子的資料庫，發現一段影像，他把畫面放出來。

張綠水和小男孩坐在客廳的地板上。張綠水靠著軟墊，用筆電打字，小男孩則在桌子上畫畫，但畫到一半就跑到張綠水身邊，像做錯了什麼事，小聲問：『爸爸，我可以叫你媽媽嗎？』

「『當然可以』。」旺柴接著張綠水的話。

張綠水說話的時候有一種特殊的口音，跟吸血鬼王一樣。

『女生可以當爸爸，男生也可以當媽媽，你想要叫我什麼都可以。』

張綠水把筆電放到一旁，將小男孩拉到懷裡。小男孩想要掙脫，他就故意抱緊，還故意在男孩的臉頰親了一大口。

『噁心！』小男孩用力擦臉頰。

『萬尼夏，你的心充滿了愛，聲音也這麼可愛，我知道你沒有惡意，而且你需要幫助……所以無論你要叫我什麼，都可以。』張綠水溫柔地拍著男孩的背，男孩的小手也抱著張綠水的脖子，像隻溫馴的小狗，『我愛你，寶貝。』

「你知道我媽媽在哪裡嗎？」旺柴望向綠水。

綠水抿了抿唇，他從沒見過旺柴這麼難過。

「為什麼家裡都沒人……」旺柴慢慢走出客廳。

別墅在地面上有三層樓，以玄關為中心，分為左右兩翼。左翼三層，右翼兩層，右翼的屋頂做成空中花園。從三樓的主臥室打開落地窗，就可以來到空中花園。月季花就種在那裡，枝條牽在網狀支架上，使莖葉長到二樓、一樓，變成一整面的花牆。

旺柴走到三樓的主臥室，推開落地窗門，沒有看到花。花早就枯死了。

「這裡是張綠水的房間。我現在想想才覺得奇怪，我小時候喜歡跑來跟張綠水睡，但我從來沒有遇過博士。我想，應該是他們從很久以前感情就不好了。」

旺柴繞了房間一圈，主臥室的窗戶同樣也沒有玻璃，都破掉了。

「你有這部分的資料嗎？」

「沒有……」綠水搖頭，「我在進到美麗新世界以前，是博士的智能管家，我可以控制房子裡所有關於數據的資料，但我也不是二十四小時都在記錄他們，博士和張綠水都有把我關掉的權限。」

旺柴坐在床上，床很軟，馬上凹陷下去。

「你聞到那個味道了嗎？」旺柴突然問。

「什麼？」綠水不禁警戒起來，因為窗戶沒有玻璃，什麼味道都有可能飄進來。

「玫瑰和紫丁香。」

綠水還是搞不清楚，「這裡有玫瑰和紫丁香？」

「你還記得瑪摩塔說過，吸血鬼王的房間有玫瑰和紫丁香的味道嗎？我想，就是這個。」

旺柴走到梳妝桌前，拿起一罐玻璃瓶裝的化妝水，朝噴頭壓了幾下，他深吸一口氣，正是玫瑰和紫丁香的香氣，「這是我媽媽的味道。」

綠水沒辦法聞到味道，他只能分析空氣中的香精成分，但他不懂，為什麼吸血鬼王會有張綠水的口音和香味？吸血鬼王是一個遊戲ＮＰＣ，他是ＡＩ，遊戲內的臨時ＡＩ——例如那些路人角色——都是隨機生成的，除非像夜鷹那樣由博士從現實中取材，不然不可能……

「所以，吸血鬼王是參考張綠水？」綠水提出疑惑。

「我不這麼認為……」旺柴走出三樓主臥室，走下樓梯，「博士不可能取用張綠水的角色，死都不可能。」

綠水飄在旺柴身後，一臉擔心。

旺柴走到二樓。二樓有兩間書房，一間屬於博士，一間屬於張綠水。旺柴在兩間書房走來走去，最後選了一間，書架上擺的都是小說。

「我一直想像他一樣。」旺柴在書架上抽出一本。

綠水看著旺柴手上的書，因為是實體書，他只能掃描封面，沒辦法透視內頁。

「張綠水是小說作家，我以前想看他的書，但他總是說要等我長大才能看。我記得他不是在書房打字，就是一邊陪我玩一邊打字。」旺柴才翻開幾頁，就找到他要的線索了。

他拿給綠水看，是書裡面的插畫。

畫中有兩個人，一個是青年、一個是少年的身高，兩人背靠著背，好像並肩作戰的隊友。

青年的袖子很寬，披風很長，少年則穿著皮草大衣，袖子和領口都有一圈絨毛。

綠水驚訝得說不出話，因為那正是伊韓亞和吸血鬼王的服裝。

「我想像張綠水一樣。我跟伊韓亞一樣，都想成為『他』。」旺柴拉開書架的抽屜，拿出裡面的雜物，有他小時候畫過的畫、製作過的手工小冊子。

小冊子裡用彩色筆寫著歪歪扭扭的大字，幾乎都是名字、幾個無意義的字詞和日期，有點像練習寫字的習作簿，但每一本小冊子都用縫線或膠水精心做成書的樣子，可以翻頁，裡面有插圖。

「他都收得好好的……」旺柴吸了吸鼻子，忍不住觸景生情，「博士很討厭看到這些，他說我不可以像張綠水那樣，因為我……我跟別人不一樣……」

只有張綠水會稱讚他，對他說：你想成為什麼人都可以。

但事實上，不是什麼都可以……

「因為這個。」旺柴伸出手，讓綠水看到他握著的那股能量如今變成了藍色的火焰，像眼淚般燃燒，「因為我有超能力，他想控制我、他叫我控制它……他們總是在為我吵架……我現在只想見到張綠水，見到我媽媽，我想跟他說我回來了……他到底在哪裡……」

旺柴收起火焰，抹掉淚水。

他走出書房，綠水沈默地飄在他身邊。

旺柴心裡其實有不好的預感，不然綠水不至於什麼都不說，但他又沒有夜鷹的推理能力，房子這麼大，他找不到線索。

旺柴走下樓梯，回到一樓。

「綠水，給我看所有的紀錄，這是命令！」

「很抱歉，小主人，我無法遵照您的命令。」

「為什麼？」

「我是ＡＩ，我可以針對計算結果做出自主判斷，我判斷您的力量有百分之八十以上的機率會失控。」

「失控又怎樣？世界會毀滅第二次嗎？」旺柴看綠水的眼神就像一個討不到糖吃的小孩，「夜鷹說的對，世界已經毀滅了，外面的街道都沒有人，馬路上都是亂停的車輛，屍體卡在駕駛座和輪胎底下，到處都是像灰燼一樣的灰色雪花……這座城市已經死了，所以，毀滅第二次又怎樣呢？」

死掉的沒辦法再死一次，已經死掉的也不會活過來。

旺柴是不會在這裡停下來的，他已經決定要查出真相了。

綠水決定對旺柴的決心給予敬意，因此他絕對不能在這時候哄騙旺柴，或是轉移旺柴的注意力，他必須要和旺柴一起面對，「客廳的猩紅色地毯底下……你去把它掀開。」

旺柴立刻跑到客廳照做。

地毯上沒有放其他家具，旺柴一下就把地毯掀開，看到木頭地板上有一大片乾掉的血跡，他怔住了。血跡乾掉的時間久遠，早就變成咖啡色，但是從擴散程度來看，不難想像當初流血的人受了多重的傷。

旺柴的腦子一片空白，他什麼都沒有想起來，卻有一種想哭的感覺。他吞了吞唾沫，在雙手匯聚能量，打進地板——一瞬間，所有的灰燼都消失了，地板變得乾淨光亮，時空彷彿回到過去，他看到了一個小男孩和穿著實驗室白袍的灰髮男。

『萬尼夏，專心，讓它飄起來又放下。』灰髮男在桌子上擺了幾顆小石頭，『我知道這對你來說很簡單，但你不聽話乖乖做完，你就沒有點心吃。』

小男孩的表情很高傲，他故意讓石頭統統掉在地上。灰髮男彎腰把石頭撿起，卻發現普通的園藝小石子變得像磁石，黏在地板上。

『萬尼夏，不要改變分子排列！你會刮傷地板，我會被綠水罵！』

小男孩沒有碰到桌子，桌子卻自己倒了。

『萬尼夏，不要摔東西！我警告你很多次了，為什麼你都不聽話？這樣很好玩嗎？』

小男孩把頭轉一邊，看都不想看。

『萬尼夏，控制你的力量！萬尼夏，看著我！你不是開始上幼稚園了嗎？你看別人家的孩子多聽話，為什麼你都不聽？就只要控制你的力量，把它壓抑下來，有很難嗎？萬尼夏！』

轟炸般的責罵，止於玻璃爆裂的聲響。

小男孩的頭髮微微飄起，玻璃碎片漂浮在空中，尖銳的邊角映出男孩桀驁不馴的雙眼，每一塊碎片都像注入火藥的子彈。

這時，張綠水突然出現，擋在灰髮男的身前。玻璃碎片刺進他的脖子，頓時鮮血直流。

小男孩嚇到了，所有的碎片都掉到地上。

博士抱著張綠水倒下的身軀，想壓住血管，卻徒勞無功，反而讓自己的雙手和胸前都沾滿了血。張綠水想要抓住博士的白袍，博士就握住了他的手。張綠水看似想說什麼，但鮮血塞住了他的氣管，從嘴裡咳出血泡，博士將他難受的表情壓在自己的胸懷中，不讓小男孩看到。

小男孩此時的臉，蒼白如紙。

博士望著小男孩，毅然做出決定。他把張綠水放在地板上，脫下沾血的白袍。

『萬尼夏！』他衝過去，抱住小男孩。

『萬尼夏，你沒有做錯任何事。』

博士一邊在男孩耳邊小聲地說，一邊從口袋裡拿出筆形針劑，把針劑打在男孩後頸。

『你沒有超能力，你什麼都沒做，你只是一個普通人，平凡、天真、蠢得可愛。』

男孩昏了過去。

博士抱起男孩，跑出別墅後門，跑進地下實驗室。

他把孩子放進維生艙裡，手忙腳亂地設定程式。

維生艙和虛擬世界都不是一天就能準備好的，一開始的目的是不是把小男孩關在裡面、博士有沒有預期到這一天，旺柴統統不得而知，但他看到了一個傷心欲絕的男人。

就像伊韓亞抱著倒下的吸血鬼王。

在這一刻，旺柴突然理解到了為什麼吸血鬼王會死。

因為要讓他有既視感。

為了喚醒他的記憶、為了讓他覺醒，吸血鬼王必死無疑！

『我愛你，萬尼夏。』男人親了一下男孩的額頭，他的眼淚滴到男孩臉上，但他馬上就把它擦掉了。他看著男孩的小臉蛋，木然地關上維生艙，『那裡會很好玩的，我保證。』

※

旺柴在客廳呆坐好幾天了。

沒有雷聲雨點，他就只是在沙發上呆坐著。

綠水有時候會飄到旺柴身邊，想知道旺柴在想什麼，但旺柴只是看著地板上的血跡，沈默不語。

如果流血和掙扎是成長必經的過程，那麼，綠水確信，旺柴變得不一樣了。

旺柴一直在思考，他覺得自己好像少了什麼，他似乎漏掉了某個碎片，沒找到那個碎片，拼圖就是不完整的。

有一天，綠水控制小機器人為旺柴送上罐頭食物時，旺柴的超能力在非控制下啟動了。

旺柴看著驚訝地看著兩個幻影，像鬼魂一樣從樓梯上走下來，分別是張綠水和巴克萊雅博士。

『他睡了嗎？』巴克萊雅博士走到客廳的小吧臺，倒了一杯紅酒。

『睡了，不然我怎麼有機會下來。』

張綠水坐在沙發上，就在旺柴對面。博士將紅酒遞給張綠水，張綠水優雅地伸出手臂，接過高腳杯。

『他最近每天都做惡夢。』

『為什麼做惡夢？』博士坐到張綠水旁邊，從背後抱住張綠水。

『不知道，也許跟他的能力有關。』張綠水喝著紅酒，把背後的男人當靠墊，雙腿也平放在沙發上，十足的少爺樣，『比起你觀察到的物體漂浮、分子結構改變和電流釋放，我總覺得他還有其他能力，是我們不了解的……』

『所以我才說他需要待在家裡，練習控制那股力量，就像隱士！』

『他已經到了上幼稚園的年紀，讓他跟人群接觸，他自然而然就會好了。』

『然後等著看他把同學丟出窗外？你忘了嗎？他上個月才把女傭從三樓丟下去，還好樓下有游泳池，而且剛好放滿水！如果遇到清潔日，那我們現在面對的就是刑事訴訟，而不是民事賠償了。』

『唉……』張綠水喝了一口紅酒，博士趁機嗅著他身上的香味，『他不喜歡家裡有陌生人，我連保母都不能請。幸好他不會攻擊我們，不然我不知道要怎麼辦了。』

『他不敢。』

『你確定？』

『因為父親的權威永遠能讓孩子乖乖聽話。』

張綠水笑了一聲，搖搖頭，他不認同博士的觀點，但他沒有在這時候跟博士吵架。

『即使他真的做了，我也會原諒他。』博士抱緊張綠水，他的動作就像結婚照那樣，一隻手放在張綠水胸前。

張綠水把那隻調皮的手拿開，『我以為你不喜歡小孩，你會領養他，是因為我。』

『的確是因為你。但是既然都已經當上爸爸了，那就要有爸爸的樣子。』

『唉……』張綠水又嘆氣，搖晃著紅酒杯。

『我們會撐過去的，媽媽。』

『不要那樣叫我！』

『萬尼夏可以，為什麼我不行？』

『你是小孩嗎？』張綠水把酒杯放到桌子上，兩個人的影子在沙發上漸漸融合在一起，突然，張綠水的影子抬起頭，『我聽到他在哭……你聽到了嗎？可能是又做惡夢了吧？這時候只要醒過來就沒事了，你會沒事的，萬尼夏。』

張綠水的影子跑上樓梯，兩人都漸漸消失了。

「旺柴？」綠水坐到少年身邊，發現少年的眼眶濕潤，「怎麼了？你想起什麼了嗎？」

「我找到了……」旺柴喃喃地道。

「找到什麼？」綠水不解。

「碎片。我找到消失的碎片了……」

——就是愛。

他們深愛對方，他們也愛著自己。

所以巴克萊雅博士才會做出那種決定，他選擇放下張綠水、抱起他的孩子。他沒有能力，他的伴侶也不在了，所以未來將沒有人可以照顧這個孩子，他必須在最後關頭保住孩子。

沒有人能控制他，這個世界也不會容忍他。

因為這是一個每個人都需要在教室裡排排坐的世界，連這麼一點抗壓性、服從性都沒有，孩子只會被貼上標籤，而且是一生都難以撕除的標籤。

把孩子送進美麗新世界，其實是不得已的下下策，但那裡充滿了刺激有趣的冒險，那裡有兩個男人對一個孩子的愛。

旺柴深深吸氣，抹了抹臉，「你知道張綠水葬在哪裡嗎？」

「不知道……我沒有相關資料。」

「那博士呢？」

綠水還是搖頭，「房子的監視器有拍到他被警察帶走，之後就沒有紀錄了。」

「我知道我們需要什麼了。」

「什麼？」

「夜鷹。我們需要推理系畢業的夜鷹，他一定會知道張綠水和博士的下落。」

「啊？」綠水從疑惑變成驚訝。

這轉折太快，但是一個人的覺醒，本來就只需要一瞬間。

「夜鷹將我從長眠中叫醒，我想去跟他說一聲早安。」旺柴拍拍大腿，起身，彷彿壓在心裡的雲霧都消失了，他快步跑上樓梯。

——幾天後。

綠水看到旺柴對著鏡子把一頭長髮剪了，他還用超能力將自己的頭髮變成金灰色，就像他在遊戲中一樣。

旺柴用實驗室的器材，加上綠水的指導，將綠水做成便於攜帶的行動ＡＩ，這樣綠水就能跟著他，而不受限在別墅的活動範圍了。

旺柴穿上張綠水衣櫃裡的大衣，收拾了一些行李。最後，他揹起後背包，走出別墅高牆，回頭不忘把高牆的鐵門鎖上。

「我出門了！」他把鑰匙放在口袋，拍了拍。

他踏著輕盈的步伐，走在空無一人的馬路上。

兩旁廢棄的車輛下鑽出黑影，有東西潛伏在底下，但他不慌不忙，握緊了手中的能量。

他打出那股能量，市區的屋頂飛出一群烏鴉，彷彿在預告著，某人回來了！

※

「Ladies and Gentlemen，大家久等了！大家都非常奉公守法，所以我們已經很久沒執行死刑了，你們興奮嗎？我好興奮啊、我好興奮啊！」主持人抓著麥克風大吼，底下有一群吃瓜群眾，掌聲加尖叫。

馬路上的電子看板以前都是廠商播放廣告用的，現在變成了即時連線的娛樂新聞台，主持人在棚內攝影，畫面是空拍機跟著一輛囚車，駛進沙漠。囚車停下，司機在車上待命，兩名持槍軍人下車打開囚車的後門。

「讓我們看看這次的犯人有誰，嗯～～一個偷竊慣犯，根據資料顯示，他已經被逮了八十七次，軍方終於受不了了，每次都要受理我們這些死老百姓的報案，又要去抓小偷，真的很煩耶！所以就乾脆判死刑啦！」

操作空拍機的攝影師將鏡頭聚焦一個瘦小的男人身上，男人身上都是刺青，剔了大光頭。

「第二位，嗯～～一個遲發薪水的慣老闆，根據資料顯示，他找藉口東扣西扣、還對女員工性騷擾，噢，這個我簡直不想念下去！」

鏡頭聚焦到一個肥胖的中年男人身上。

「第三位、第四位可以跳過，但我可以告訴大家，他們在上個月加入了ＨＵＣ，這本來沒什麼，我們歡迎大家加入，但他們竟然將我們儲存糧食的地方洩漏出去，還破壞我們的地下水管！這真是太過分，所以就判死刑啦，爽！」

鏡頭聚焦到一男一女，他們都穿著連帽上衣，有意遮住自己的臉。

「最後一位，我們知道你們等很久啦！！！」

棚內觀眾尖叫，主持人也尖叫，聲音簡直快讓麥克風爆掉了。

路人停下來看電子看板，商店店員看著店裡的電視，彷彿全城的人都停下手邊的工作。

「你們都知道他的大名，你們想看他戰鬥的模樣嗎？」

「想！」

「那就跟我一起大喊——」

「夜鷹！」

「夜鷹！」

「夜鷹！」

「夜～～鷹～～～！第五位犯人，代號夜鷹，根據資料顯示，他殺了同隊的兩名軍人，至今仍不肯說明原因，沒有人能從他嘴裡問出半個字，好一條漢子！軍方將他的案子交付議會，而議會搞了一場小型公投，所以他的命就交到你我手中啦！接著，我們來訪問當初投票的人！嗨，你好！」

畫面切成兩半，一半仍是即時畫面，一半是預錄的採訪內容。

一個三十幾歲的男人說：「我投無罪，每個人在宣判有罪之前都是無罪的，世界毀滅後，我們的司法體系也跟著倒退，現在沒有任何證據顯示夜鷹有罪，議會和軍方公布的資料都有太多疑點——」

他講得太久，所以被切掉了。

一個穿著低胸禮服的小姐說：「我投他無罪，他長得那麼帥，我希望他活久一點。」

一個肥宅說：「我不知道他是幹嘛的，但我想看他戰鬥。」

一個戴口罩的清潔員說：「我以前跟夜鷹是同學，他的成績比我差，為什麼是他比較受歡迎？這不公平！所以當然是有罪。」

「嗯～～兩邊的票數非常相近，看來我們還是有很多中立理性選民呢！但最後還是要有一個結果，就是死刑！現在來說明死刑的規則，各位可以看到囚車正在開進沙漠中，這裡是『沙母蟲』的領地，只要可以戰勝沙母蟲，就算是老天眷顧。但基本上還是不能回ＨＵＣ，真是不浪費一顆子彈的死刑執行方式，由外面的怪物吃掉你，非常環保呢！」

夜鷹和另外四名囚犯被帶下囚車，他們手上都戴著電子手銬。

他們聽不到電視台的聲音，在他們這裡，只有空拍機像蒼蠅一樣盤旋。

四周有細微的沙沙聲，夜鷹不確定那是風聲還是蟲子爬過的聲音，但每當空拍機靠近，他都想給它一拳。

押送囚犯的兩名軍人，是藍姊和她的部下。

藍姊是一名高階軍官，這種事不該由她來做，因為押送囚犯到怪物的領地給怪物吃掉，對押送人員來說等於是把自己的性命擺上了賭局。他們有裝甲車和武器，但依舊難保過程中不會出差錯。

「時間到了。」藍姊看著智能錶，「三分鐘後，你們的電子手銬會自動解除。」

藍姊和部下上車，車子發動，只有慣老闆一個人追在車子後面跑。

沙母蟲的領地以前是工業區，沙漠化的原因不明，但至今仍可看到工廠的煙囪、電塔等等歪歪斜斜地冒出沙地。沙母蟲的公蟲就躲在這種地方，所以想要找遮蔽物躲藏是非常危險的。

「啊啊啊啊啊！」

三分鐘還沒到，那一男一女就消失在廢棄鐵塔底下，他們像是被什麼東西拖進沙子裡，鞋子還留在外面，追不上囚車的慣老闆和刺青男都嚇得冷汗直流。

「你不是夜鷹嗎？快保護我們啊！」慣老闆大吼，刺青男猛點頭。

三分鐘一到，電子手銬解開，夜鷹就把手銬丟向空拍機，砸個正著。

空拍機掉下來，夜鷹一腳踢壞了螢幕。

攝影棚內的人都傻眼，主持人尷尬不已。

夜鷹拉開長褲的褲管拉鍊，他的腿上綁著手槍、彈匣和軍刀。他自嘲地想，也許ＨＵＣ是真的很需要有人來除掉沙母蟲，他們派藍姊跟他談話，恐怕不是要他認罪，而是要確保他沒有亂說話。

因為，那天晚上他殺掉的兩個人，對軍方是極大的醜聞。

通訊兵做了偽證，他明明有聽到女人的尖叫，他卻什麼都沒說。基地派來的增援部隊都不是專業人士，他們看到軍人屍體就急著想把屍體抬走，幫夜鷹戴上手銬。他們完全沒注意到現場還有「夜鷹以外的人」曾經待過，就把腳印、指紋破壞得亂七八糟。

夜鷹沒有在第一時間逃走，是因為他相信這個組織是有公理正義的，現場可能真的是太混亂了，鑑識人員都是新手。老手們早在八年前的災禍去世，現在的新手都是後來培育出來的，會搞不清楚ＳＯＰ，因此產生誤會並非不可能，只要自己之後跟他們解釋清楚就好了。

當晚，夜鷹被關在偵訊室裡，崇拜夜鷹名聲的新兵還特地幫他準備了宵夜，但一名西裝筆挺，自稱辯護律師的男子過來，把彈道分析報告、驗屍報告拿給他看，並要他簽署認罪聲明，夜鷹就察覺不對勁了。

屍體的死狀沒有記載在報告裡，軍方只憑子彈比對就將他定罪，但那天晚上來抬屍體的人員當中，明明有很多人看到那兩人的褲子沒穿好，現場還有女人的衣服碎片、鞋子和被扯下來的頭髮。

但所有人都視而不見。

除了屍體腦袋裡面的子彈，報告上沒有其他東西被列為物證。

夜鷹心裡涼了一半，但他知道解釋是沒用的，因為如果軍方要給他解釋的機會，他就不會在偵訊室裡了。他手上也不會被律師塞進一隻筆，因為軍方收繳了他的槍。

投靠ＨＵＣ並自願選擇接受軍事訓練後，夜鷹不敢說自己十項全能，但唯有一道命令，他到死都記得。

那就是，絕對不可以讓槍離開自己身邊。

一個軍人會放下槍，只有戰死跟投降。

於是，他趁律師說話的時候抓住律師，用那枝筆抵在律師的頸動脈上，威脅送宵夜的新兵幫他解開手銬。雙手恢復自由後，他去取回了自己的槍。

他知道自己在基地裡是待不下去了，但他不想死。

不想為了一個莫名其妙的理由而死，不想為了保住誰的面子而死。

要死，也要為了自己。

夜鷹逃出基地，他對ＨＵＣ心灰意冷了，即使在外面的物資很匱乏，有一餐沒一餐，還吃過很多意想不到的東西，但他告訴自己，他不可能回去。

他沒想到的是，離開了保護傘，竟可以這麼海闊天空。他心裡對ＨＵＣ的不滿漸漸放下了，畢竟ＨＵＣ曾經救過他、給他了生存的技能。

他徒步回到曾經的家鄉遠山市，每天只想著怎麼活下去，以及……心裡抱持著一絲希望這個被毀滅的世界還有復原的可能。

被藍姊找到後他沒有跑，是因為他真的沒體力，再加上找到萬尼夏讓他太興奮了，他想把這個消息告訴大家，甚至不在意自己會面臨什麼樣的判決。

判決的結果沒有超出他的預期，就是投餵給怪物，軍方可以省掉血腥，媒體可以有素材激勵人心，運氣好的話，他們還可以利用夜鷹殺掉沙母蟲。

但夜鷹已經膩了，他沒什麼好顧慮的了。

他放走的女人始終沒有出現，太好了，他守口如瓶就是為了對方的名譽。這不是什麼能夠拿出來公開檢視，還到處大聲說的事。

八年前的社會是這樣，八年後還是一樣。

只是，真的來到怪物的巢穴後，夜鷹卻沒有了戰鬥的理由。

他的家人都不在了，他無法重返美麗新世界，還有什麼能放在胸中，視為信念的呢？所以他打壞空拍機，無視其他人被吃掉，他拿出手槍，卻不知道要將子彈打進哪裡……

手槍和軍刀是藍姊偷偷塞給他的。

那是一個軍人的名譽，只要他不放下武器，就不算投降。

沙地在晃動，廢棄的屋頂彷彿在鳴叫，沙母蟲的公蟲鑽了出來。牠們的外型像蝎子，每隻都有一個成年人那麼高。

看到那排山倒海的陣勢，夜鷹一下子傻住了，關於什麼心灰意冷的想法全都暫停，他也沒辦法考慮要瞄準誰，因為數量太多了！夜鷹本能地轉身就跑，他沒想到自己會有這麼堅強的求生意志！

突然，母蟲鑽出沙地，夜鷹不得不停下腳步。

母蟲的外型像巨型蜈蚣，只是有好幾層樓高，牠腹部抱著藍色的卵，看起來很噁心！

夜鷹瞄準母蟲的眼睛，但都沒打到，他很快就把子彈用完了，便用短刀防禦公蟲的尾針。他砍下一隻公蟲的尾巴，噴出的蟲汁讓怪物稍微戒備了一下，但很快又圍攻過來。

夜鷹與怪物搏鬥著。他撐著自己的最後一口氣，每次都以為這是最後一口氣了，卻總是能吸入新的空氣。他讓公蟲開始戒備，牠們圍成一個圈，每隻都舉高了尾刺。

夜鷹沒有注意到，但公蟲圍成一個圈，正好對母蟲形成一個指示標的。母蟲張開巨型尖嘴朝夜鷹俯衝過來，沙地的凹陷讓夜鷹滑了一跤，但他抓著短刀，抬起手臂，屏住呼吸。

因為他覺得死亡的氣味一定很難聞。

他憋氣憋到快沒氣時……突然發現自己還能呼吸！

夜鷹驚訝地發現，母蟲的巨螯就停在自己面前，噴出的劇毒黏液也停在空中，然後慢慢往後退，他像在看影片倒轉，母蟲和公蟲紛紛退開，接著，彷彿有人對牠們千刀萬剮，母蟲從頭部、腹部到埋藏在沙子裡的尾部都被分解，公蟲也變成了碎塊。

碎塊仍停在空中，像時間暫停，但它們不斷被壓縮、壓縮、壓縮，最後小到看不見，消失了。

「……」夜鷹怔怔地看著做出這一切的少年。

少年有金灰色的短髮，穿著藍白花紋的大衣，髮色就像精靈。少年的身邊飄著一個穿白袍的美人，有墨綠色的頭髮，身上非常閃亮。

少年朝他走過來，對他伸出手。

他接住了那隻手，讓少年將他拉起來。

「你說你需要我，我就來了。」

「旺柴……」夜鷹忍不住摸著少年的臉，想確認少年是真實存在的。

少年摟著他的脖子，因此他低下頭，和少年的額頭靠在一起。

他們的距離終於拉近了。

歷經了鮮血與黑暗，他們終於找到彼此。

「我叫做萬尼夏．巴克萊雅，可以告訴我你的本名嗎，夜鷹？」

「我的名字叫做……」

——下集待續

# 後記

謝謝你閱讀本書，這是我第一次寫末來末世的題材，但其實我本來是要寫網遊的，不知道為什麼會歪成這樣。

為什麼想寫網遊，理由也很簡單，因為我看大家都在寫，好像是個不退流行的題材，但跟風顯然不是我的強項，我最後還是忍不住寫出了自己的風格，希望你會喜歡。

創作的過程中，我一直都覺得讓自己舒服最重要（包括宅在家裡，製造一個舒適的環境），因為創作是一段審視與面對自我的過程，我會因為故事裡面的角色悲傷而悲傷，因為他們喜悅而喜悅，因此，我想我還是做自己好了！

這本書寫到後半段有一些比較黑暗的劇情，不是在黑暗裡嘿嘿嘿的那種，但我總會忍不住想，萬一劇情過於黑暗，讀者不喜歡怎麼辦？畢竟大部分的人都喜歡看到正能量的內容。但有時候我就是想太多了，反而讓自己裹足不前。

於是，我心一橫，想說算了，沒人看就算了，至少我在創作的過程中是很愉快的，這段愉快的過程其實也拯救了在現實生活中遇到瓶頸的我，不管是前期構思角色還是寫作的當下，我都把自己想交代的都交代完了，那我就問心無愧了。

在這邊特別感謝三日月書版能接受這麼特殊的劇情，他們沒有叫我把我認為黑暗的部分改掉，還請到了白夜老師，讓我再一次感受到老師的畫功真的很強。

我之前跟白夜老師在他社合作過《吸血鬼三部曲》，白夜老師畫了好幾本的封面，這次又請到白夜老師真的是巧合，但我在這本書有寫到吸血鬼，並非巧合，是我刻意為之。

我當時在寫吸血鬼的故事時，也是掏心掏肺地寫，感覺自己的價值觀、血液精華（？）和當時所有學到的東西都在裡面了，但書總有出完的一天，故事總有終結的時候。我寫完吸血鬼後，一度不知道要寫什麼，於是我產生了這本書的靈感，我想寫一個故事跟我曾經的角色道別。

很巧的是，這本書的主角「旺柴」最後也是跟過去的自己道別，邁向新的冒險。也許過去並非要斬斷或遺忘，它可以好好地 Say Goodbye。現實中人與人的關係也是一樣，天下無不散的宴席，但我們總會遇到新的人、新的事。

寫這部的時候，我最喜歡的角色是伊韓亞，因為我覺得他真是壞得可以！我很喜歡寫壞人去虐主角，不然主角怎麼成長嘛！

伊韓亞有個非常特殊的心理狀態，也是他很難被打倒的原因，就是那股強烈的恨意。很多作品都會用愛情、友情或親情來戰勝一切，我也喜歡寫那樣的結局，因為一個被恨意支撐而活下來的大魔王是很難被消滅的。

哲學家尼采有一句名言：「凡殺不死我的，必使我更強大。」大家去看一下自家廚房或路邊水溝就知道了。

都已經創造出如此強大的大魔王了，要消滅他，勢必就需要一個更強的勇者，不然這個故事沒辦法有 Happy Ending，那更強的勇者要怎麼誕生呢？我也不知道，可能要先讓魔王跟勇者結婚吧……對不起，我又寫歪了。

總之，謝謝你看到這裡，歡迎你加入我的社群平台（臉書、IG、噗浪），跟我分享你的想法，我們下集再見。

子陽
二〇二一年　夏

高寶書版集團
gobooks.com.tw

**輕世代 FW373**

**我從遊戲中喚醒的魔王是廢柴01 新任務：美麗魔境**

作　　者　子陽
繪　　者　白夜BYA
編　　輯　陳凱筠
封面設計　林檎
排　　版　彭立瑋
企　　劃　方慧娟

發 行 人　朱凱蕾
出　　版　三日月書版股份有限公司
Printed in Taiwan
地　　址　臺北市內湖區洲子街88號3樓
網　　址　www.gobooks.com.tw
電　　話　(02) 27992788
電　　郵　readers@gobooks.com.tw（讀者服務部）
傳　　真　出版部　(02) 27990909　行銷部 (02) 27993088
郵政劃撥　50404557
戶　　名　三日月書版股份有限公司
發　　行　英屬維京群島商高寶國際有限公司台灣分公司
Global Group Holdings, Ltd.
初版日期　2022年2月

國家圖書館出版品預行編目(CIP)資料

我從遊戲中喚醒的魔王是廢柴. 1, 新任務:美麗魔境/子陽著.-- 初版. -- 臺北市：三日月書版股份有限公司出版：英屬維京群島商高寶國際有限公司臺灣分公司發行, 2022.02-
面；　公分. --

ISBN 978-986-06233-4-5(第1冊：平裝)

863.57　　110004356

三日月書版

三日月書版

GOBOOKS & SITAK GROUP©